교과서에서
읽는 지혜!

"나라는 백성을 뿌리 삼고 부자는 빈민이 만들어 주는 것이거늘, 이렇듯 참혹한 지경에 이르러도 벼슬하는 이들은 백성을 생각하지 않고 부유한 이들은 도우려 하지 않으니 내가 하늘을 대신하여 할 일이로다."

-〈전우치전〉에서

이럴으면
읽을수록

논술이 만만해지는

우리고전 읽기 ③

읽으면
읽을수록

논술이 만만해지는

김정연 엮음 | 김홍 그림

우리고전
읽기 ③

가람어린이

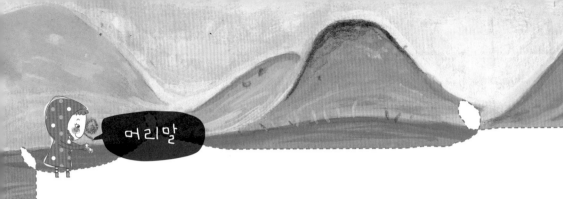

다양한 우리 고전의 세계

'우리 고전 읽기' 3편에는 신화와 설화, 그리고 여러 종류의 고전 소설을 실었습니다.

다양한 작품을 통해 한국 고전 문학의 묘미에 빠져 보시기 바랍니다.

고전을 읽을 때는 그 안에 숨겨진 이야기에 귀를 기울여 보세요.

낡은 서책에 담겨 전해진 이 이야기 속에 어떤 사연이 숨어 있을까?

누가 어떤 마음으로 이런 이야기를 만들어 냈을까?

어떤 이들이 즐겨 읽었을까?

그런 호기심이 고전을 더 재미있게 감상할 수 있도록 도와 줄 테니까요.

이렇게 고전을 읽다 보면 고전은 여러분이 마음껏 상상의 나래를 펼칠 수 있는 재미있는 수수께끼 상자라는 걸 알게 될 것입니다.

고전 문학만큼 옛 사람들의 생활과 생각을 생생하게 보여 주는 것은 없습니다.

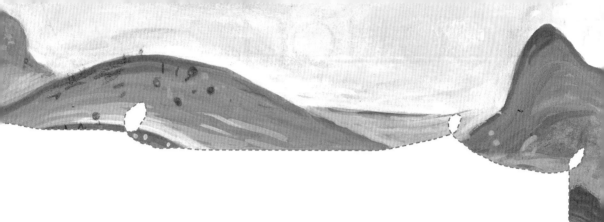

　이 책에 실린 여러 작품들에도 옛 사람들의 숨결이 고스란히 녹아들어 있답니다.

　그것을 여러분이 직접 발견해 보는 것입니다. 마치 보물찾기하듯이요.

　'우투리 같은 영웅이 나타나기를 사람들은 간절히 바랐었구나.'

　'사람들은 운영이의 사랑이 이루어지기를 바라면서 이 소설을 읽었겠지?'

　'유충렬 같은 훌륭한 장수가 나타나 나라를 구해 주는 장면을 보며 옛 사람들은 얼마나 통쾌했을까!'

　이런 감상부터 시작하여 점점 친숙해지다 보면 고전도 전혀 어렵지 않게 느껴진답니다.

　이 책을 통해 고전 작품들에 담긴 의미를 깊이 있게 생각해 보고, 그것을 즐겨 읽었던 옛 사람들의 마음을 느껴 보는 기회를 갖길 바랍니다.

김정연

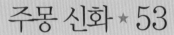

이 책을 효과적으로 읽기 위해

줄거리를 읽어 봐요

작품의 줄거리를 요약한 부분입니다. 먼저 작품을 읽고 감상한 후 정리할 때 읽어 볼 것을 권합니다. 작품의 내용이 어렵고 잘 파악되지 않는다면 줄거리를 읽으면서 일어난 사건들을 시간 순서대로 곰곰이 생각해 보세요.

이것만은 꼭 알고 가자!!

작품의 주제와 생각하면서 읽어야 할 것이 무엇인지 알려 줍니다. 작품이 탄생한 배경과 작가에 대한 소개도 들어 있으니 꼭 짚고 넘어가도록 하세요.

작품의 원문

이 책에서는 단편 작품의 경우 원문 전체를 실었으며, 장편은 전체 내용을 파악할 수 있는 선에서 생략한 부분이 있음을 밝혀 둡니다. 고전에는 지금 우리들이 잘 쓰지 않는 옛말이 나오는 경우가 많고, 이해하기 어려운 비유를 들 때도 있습니다. 낯설게 생각하지 말고 '작가는 무슨 이야기를 하려는 걸까?' 생각하며 읽도록 합시다. 세부적인 것보다는 전체 내용을 파악하고 느끼는 것이 중요해요.

초등 필수 단어장 및 구절 풀이

어려운 단어나 옛말을 쉽게 풀어 주었습니다. 또 작품을 이해하는 데 꼭 필요한 배경지식을 실었습니다. 처음에는 작품에 집중하여 읽고, 다시 읽을 때 자세히 보도록 합시다.

논술 실력을 쑥쑥 올려 줘요

문제 풀이를 통해 작품을 보다 깊게 이해할 수 있도록 하였습니다. 또 생각을 넓히고 논술을 대비하는 데 도움을 주는 문제를 실었습니다. 긴 글로 완성해야 하는 문제는 따로 공책을 준비하여 성실하게 답해 봅시다. 몇 가지 문제를 가지고 부모님과 토론하는 시간을 가져 보면 사고력이 깊어지는 데 큰 도움이 될 것입니다.

아기 장수 우투리

작자미상

교과서에도 있어요.

중학 국어 1 [교학사, 비상교육]
중학 국어 2 [지학사, 신사고]
중학 국어 3 [천재교육]

줄거리를 읽어 봐요

우투리의 부모님은 평범한 농사꾼입니다. 우투리는 태어날 때부터 특이한 점들을 많이 가지고 있었습니다. 탯줄이 잘라지지 않아 억새풀로 잘라야 했고, 혼자 방 안에 있을 때는 겨드랑이에 달린 날개로 날아다니며 시렁이나 장롱 위에 올라가 앉아 있기도 했지요. 아기의 비범함을 알고 세상에 알려질까 봐 걱정한 부모님은 우투리를 데리고 산속으로 들어갔습니다. 그러나 우투리가 장차 백성들을 구원할 영웅이 된다는 소문이 입에서 입으로 전해져 임금님의 귀에까지 들어갔습니다. 임금은 군사들을 데리고 찾아와 우투리를 죽이려 했습니다. 커다란 바위 속에서 군사를 키우고 있던 우투리는 준비했던 날에서 단 하루가 모자란 날에 발각되고 말았습니다. 우투리의 계획은 허사로 돌아가고 모두 연기처럼 사라졌으나 백성들은 언제까지고 우투리를 잊지 않았습니다.

'아기 장수 우투리'는 우리나라에 예로부터 전해 내려오는 설화입니다. 설화는 누가 처음 지었는지 알 수 없습니다. 사람들 사이에서 전해지며 이야기가 변형되고 보태지며 점점 지금과 같은 형태로 만들어진 것입니다. 그래서 이 우투리에 대한 이야기도 세세한 내용에서는 지역마다 조금씩 다른 형태로 전해집니다.

그러나 커다란 줄기는 같습니다. 비범한 능력을 가진 아기 장수가 백성들을 구할 영웅으로 커 가다가 실패하고 사라졌다는 이야기입니다. 그리고 여전히 백성들은 우투리가 어딘가에 살아 있다고 여기며 기다리고 있다는 것이지요.

이런 이야기가 만들어지기까지 여러 사람들이 재미있는 내용을 보태고 다듬어 갔을 것입니다. 그렇기에 그 안에는 옛 사람들의 생각과 소망도 담겼을 것입니다. 뛰어난 영웅이 우리 마을 커다란 바위 안에서, 또는 어느 폭포 밑에서 백성들을 구하기 위한 준비를 하고 있을 거라는 사람들의 상상 속에서 이 이야기는 탄생한 것입니다.

아기 장수 우투리

모든 백성들이 가난하고 힘겹게 살던 시절, 지리산 자락의 한 마을에
농사꾼 내외가 살고 있었다. 그들은 산비탈에 밭을 일구어 겨우 입에
풀칠을 하고 살았다.

그들이 아기를 낳았는데, 태어난 아기의 **탯줄**이 아무리 해도 잘라지
지 않았다.

억새풀을 끊어 와 잘라 보니 그제야 탯줄이 베어졌다.

그들은 아기 이름을 우투리라고 지었다.

우투리는 갓난아기 때부터 하는 짓이 다른 아기
와는 아주 달랐다. 방에 뉘어 놓고 나가서 일을 보
고 들어오면 시렁에 덜렁 올라가 있고, 곁에 뉘어
놓고 잠깐 잠들었다 깨어 보면 장롱 위에 올라가 있
었다.

이상히 여긴 부부가 아기를 방에 두고 나와 문구

내외(內外) 부부
탯줄 아기 몸과 태반을 잇는 줄. 아
기에게 산소와 영양분을 전한다.
억새풀 산과 들에 자라는 풀로, 잎은
끈처럼 얇고 긴데 9월에 가늘고 긴 꽃
이삭이 하얀 털 뭉치처럼 피어난다.
줄기와 잎으로 초가집 지붕을 이거나
집짐승의 먹이로 쓰고, 뿌리를 약으로
쓴다.
시렁 물건을 얹어 두려고 방이나 마
룻벽에 가로로 걸쳐서 붙박은 나무

멍으로 살며시 들여다보니, 아기가 방 안을 훨훨 날아다니고 있는 것이 아닌가.

자세히 보니 아기의 겨드랑이에 조그만 날개가 붙어 있었다.

어머니가 깜짝 놀라 외쳤다.

"아이고, 큰일났소. 내가 평범한 아기를 낳은 게 아니라 영웅을 낳고 말았구려." 영웅의 탄생을 알면 임금은 자신의 위치에 위기감을 느끼고 아기를 해치려 할 것이기 때문이다.

부부는 이 일이 세상에 알려지면 큰 화를 입을까 걱정되었다. 그래서 부부는 우투리를 데리고 지리산 깊은 산속으로 숨어 버렸다.

그러나 지리산에 영웅이 났다는 소문은 점점 퍼져 임금의 귀에까지 들어갔다.

임금은 곧 지리산으로 군사를 보냈다.

우투리는 위험이 닥친 줄을 알고 감쪽같이 사라졌다. 군사들은 대신 우투리의 부모를 잡아다가 곤장을 때리며 우투리

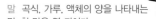

있는 곳을 물었다.

부부가 겨우 풀려나 집으로 돌아와 보니 우투리
는 눈물을 흘리며 기다리고 있었다.

우투리는 콩을 한 말 가지고 왔다.

"어머니, 이 콩을 솥에 넣고 모두 볶아 주세요."

어머니가 콩을 볶는데 콩 한 알이 톡 튀어나오자 배가 고팠던 어머니
는 그것을 주워 먹었다.

우투리는 볶은 콩으로 갑옷을 짓기 시작했다.

콩을 하나하나 붙이자 온몸을 다 가릴 수 있는 커다란 갑옷이 되었
다. 그러나 콩알 하나가 모자라 왼쪽 겨드랑이 날갯죽지 아래 한 군데
는 가리지 못했다.

우투리는 어머니께 당부했다.

"혹시 제가 싸우다 죽으면 뒷산 바위 밑에 좁쌀 석 **되**, 콩 석 되, 팥
석 되와 같이 묻어 주세요. 그리고 삼 년 동안은 아무에게도 가르쳐 주
지 마세요. 그렇게 하면 삼 년 뒤에는 다시 만날 수 있을 것입니다."

곧 군사들이 우투리의 집으로 들이닥쳤다.

우투리가 갑옷을 입고 집 앞에 버티고 서니 군사들이 가까이 오지는
못하고 멀리서 활을 쏘았다.

화살은 모두 갑옷에 맞아 땅으로 떨어졌다.

군사들은 이제 화살이 하나밖에 남지 않았다.

우투리는 군사들에게 달려들며 왼팔을 번쩍
들어올렸다. 그 때 마지막 화살이 날아와 우투

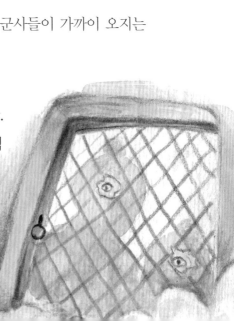

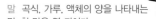
말 곡식, 가루, 액체의 양을 나타내는
말. 한 말은 열 되이다.
되 곡식, 가루 액체의 양을 나타내는
말. 한 되는 열 홉이다.

리의 왼팔 날갯죽지 아래를 명중했다.

우투리는 그대로 땅으로 쓰러졌다.

군사들이 돌아간 후 부모님은 슬피 울며 우투리를 뒷산 바위 밑에 묻었다. 그리고 우투리의 말대로 좁쌀 석 되, 콩 석 되, 팥 석 되를 함께 묻었다.

세월이 흘러 흘러 삼 년이 되어 갔다.

백성들 사이에는 우투리가 아직 죽지 않고 살아 있다는 소문이 돌았다. 백성들은 우투리가 지리산 속에서 병사들을 키워 곧 자신들을 구해 줄 영웅이 되어 다시 돌아올 거라고 수근거렸다.

임금은 화가 나서 군사들을 이끌고 우투리의 집으로 찾아갔다. 이 날은 우투리가 말한 삼 년의 시간에서 딱 하루가 모자란 날이었다.

임금이 직접 와서 우투리의 부모를 잡아 놓고 우투리 묻은 곳을 묻자 겁이 난 어머니는 사실대로 고하고 말았다.

임금은 산 위로 올라가 바위 밑을 파 보았다. 그러나 아무리 파도 우투리는 나오지 않았다. 임금은 또 우투리의 부모에게 물었다.

"우투리를 낳을 때 이상한 일이 없었느냐?"

어머니는 당황하여 대답했다.

"탯줄이 잘라지지 않아서 억새풀로 잘랐습니다요……."

임금은 당장 억새풀을 베어 오라고 명령했다.

임금은 억새풀을 번쩍 들어 커다란 바위를 내리쳤다.

그러자 바위가 두 쪽으로 쩍 갈라졌다.

모두 그 안을 들여다보니 군사들이 웅성거리고 있었다. 우투리는 막

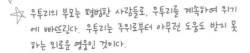

우투리의 부모는 평범한 사람들로, 우투리를 계속하여 위기에 빠뜨린다. 우투리는 주위로부터 아무런 도움도 받지 못하는 외로운 영웅인 것이다.

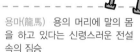

꼭 우투리는 두 번째 위기에도 하루가 모자란 탓으로 뜻을 이
루지 못하고 사라져 버린다. 조그만 약점으로 인해 거듭
실패하는 우투리를 보며 안타까움이 커질 수밖에 없다.

용마(龍馬) 용의 머리에 말의 몸
을 하고 있다는 신령스러운 전설
속의 짐승

말의 등에 올라타려 하고 있었다.

그 때 바위가 깨어지며 모든 것이 순식간에 연기처
럼 사라졌다.

우투리가 사라진 후 지리산 자락 어느 폭포 밑에는
하늘의 용마가 내려와 사흘 밤 사흘 낮을 울다 물속으
로 빠져 죽었다.

그 뒤로 물속에서는 때때로 말 우는 소리가 들려
왔다. 백성들은 우투리가 아직 죽지 않고 살아 있다고
믿었다.

알고 나면
더 재밌어요!

우투리는 어디로 사라졌을까?
콩 한 알이 모자라거나 하루가 모
자랐다는 것은 우투리의 싸움이 매
번 실패가 정해진 싸움이었다는 생
각이 들게 한다. 그러나 사람들은
여전히 우투리가 살아 있다고 믿는
다. 이 이야기는 영웅의 출현에 대
한 가능성을 언제까지고 열어 놓고
있다. 실패해도 다시 나타나는 우
투리는 어떤 압박에도 사라지지 않
는 민중의 희망일 것이다.

이해력을 길러요

1 백성들이 우투리에게 기대한 것은 무엇이었나요?

2 우투리의 부모는 왜 우투리를 데리고 산속으로 숨었을까요?

사고력을 길러요

1 다음 구절에 이어질 수 있는 내용을 자유롭게 상상해 봅시다.

그 뒤로 물속에서 때때로 말 우는 소리가 들려왔다.

백성들은 우투리가 아직 죽지 않고 살아 있다고 믿었다.

논리력을 길러요

1 우투리라는 이름에서 연상되는 단어가 있나요? 우투리가 민중의 영웅이라는 점을 생각하며, 우투리라는 이름에 어떤 의미가 담겨 있을지 생각해 봅시다.

2 여러분이 알고 있는 영웅 이야기들과 이 우투리 설화의 차이점을 발견할 수 있었나요? 다음 빈 칸을 채워 보세요.

내가 알고 있는 영웅 이야기의 주인공들 (홍길동, 슈퍼맨, 스파이더맨 등)	우투리
비범한 능력으로 어려운 사람들을 구해 주고 불의에 맞서 싸운다. 그들은 많은 이들의 영웅으로 우뚝 서고, 평화롭고 정의로운 세상을 만드는 데 성공한다.	

전우치전

작자미상

줄거리를 읽어 봐요

　　선비 전우치는 도술을 이용해 백성들의 어려움을 해결해 줍니다. 가난한 사람들에게 양식을 나눠 주고 억울하게 붙잡힌 사람들을 구해 주기도 합니다. 전우치는 구름을 타고 다니고 신비로운 그림을 그립니다. 솔개가 되어 하늘을 날기도 하고 여러 명의 분신을 만드는 도술도 부립니다. 나라에서는 이런 전우치를 잡으려고 하지만 실패하자 역모를 꾀했다는 누명을 씌워 죽이려 합니다. 그러자 전우치는 그림 속으로 들어가 어디론가 사라져 버립니다. 후에 서화담을 만나 굴복하고 함께 산속으로 들어가 도를 닦습니다.

　　전우치에 관한 여러 다른 이야기 중에는 전우치가 구미호를 만나 도술을 얻게 되었다거나, 아버지와 대립하고 중국으로 건너가 활동했다는 등의 내용이 있습니다.

이것만은
꼭 알고 가자!!

'전우치전(田禹治傳)'은 누가 언제 지었는지 알 수 없는 고전 소설입니다. 여러 다른 형태로 기록된 것이 현재 전해지고 있습니다.

전우치는 실존 인물로 조선 시대 중종 임금 시절 살았던 것으로 추측됩니다. 실제 전우치는 도술을 익히고 시를 잘 지었으며 나라에 반역을 꾀했다가 죽음을 당했다고 합니다. 전우치가 정말로 어떤 도술을 부렸는지는 알 수 없지만, 전우치라는 인물이 있었던 것은 사실이라고 여기고 있습니다. 이를 바탕으로 박진감 넘치고 재미있는 전우치의 이야기가 소설로 남은 것입니다.

소설 속 전우치가 굉장한 도술을 부리고 그 도술로 사람들을 구하는 모습은 상상만 해도 가슴이 두근거리지요. 우리 고전 중에는 이런 재미있는 이야기가 많습니다. 고전 소설의 재미를 느껴 보며, 지금 우리들이 즐겨 보는 '슈퍼맨'이나 '스파이더맨'과 같은 영웅 이야기들과도 비교해 봅시다.

전우치전

⭐ 북한에 위치하고 있는 도시인
개성의 옛 이름

조선 초 송경 숭인문 안에 한 선비가 살았는데 성은 전이요, 이름은 우치라 하였다.

우치는 높은 스승에게서 신선의 이치를 깨우치고 신기한 재주를 얻었다. 그러나 소리를 숨기고 자취를 감추어 지냈으므로 비록 가까이 노는 이들도 아는 이가 없었다.

이 때 남쪽 바다 여러 고을에 몇 해 동안 해적이 들끓고, 엎친 데 덮쳐 무서운 흉년까지 들었다. 그 곳 백성들의 참혹함은 붓으로 그리지 못할 정도였다.

그러나 나라의 벼슬아치들은 권세를 다투기에만 눈이 멀어 백성들을 돌보지 않았다.

우치는 참다 못해 조용히 마음을 결심하고 집을 나섰다.

"이제 나는 천하로 집을 삼고 백성으로 몸을 삼으리라." ⭐ 거친 세상으로 나가 불의와 싸우며 백성을 자신의 목숨처럼 아끼고 돌보겠다는 의지이다.

우치는 몸을 흔들어 선관으로 변했다.

그리고는 오색구름을 타고 대궐 위로 날아가 임금과 신하들 앞에 나타났다.

"국왕은 옥황상제의 명을 받들라!"

임금과 신하가 모두 놀라 그 자리에 엎드렸다.

"하늘나라의 궁궐을 새로 지으려 하니 너희 인간 세상의 나라들은 필요한 물건들을 만들어 바쳐라. 너희 나라는 황금 들보를 하나 만들어 올리되 길이는 오 척이요, 너비는 칠 척이 되어야 한다."

이렇게 말하고 우치는 하늘 위로 사라졌다.

임금이 신하들에게 의논하자 모두 아뢰었다.

"온 나라에서 금을 거두어 하늘의 명령을 받드는 것이 옳을까 하나이다."

임금이 옳게 여기고 즉시 온 나라의 금을 모으도록 명령했다. 전국의 금이 모두 동이 나서 비녀에 올린 금까지 벗겨 거두어들였다.

정해진 날이 되자 대궐에 구름이 자욱하고 신비로운 향내가 진동하며 선관이 구름을 타고 내려왔다. 모두 두려워 땅에 엎드렸다.

구름에서 커다란 갈고리가 내려와 황금 들보를 쓱 걸어 올리고는 오색구름과 함께 남쪽으로 사라졌다. 그 자리에는 무지개가 뻗치고 구름이 동서로 흩어졌다. ☆ 나라에서 황금을 모두 거둬들였기 때문에 조선에서 황금을 팔면 바로 들통 나게 된다.

전우치는 그대로 다른 나라로 날아갔다. 그리고 황금 들보의 절반을 베어 팔아 쌀 십만 석을 마련하고 해안 고을로 향했다.

우치가 모든 가난한 집에 쌀을 나눠 주자 백성들은 매우 기뻐하며 하늘의 덕을 칭송했다. 관아에서는 어찌된 영문인지 몰라 어리둥절했다.

우치는 방을 써서 마을 앞에 붙였다.

"나라는 백성을 뿌리 삼고 부자는 빈민이 만들어 주는 것이거늘, 이렇듯 참혹한 지경에 이르러도 벼슬하는 이들은 백성을 생각하지 않고 부유한 이들은 도우려 하지 않으니 내가 하늘을 대신하여 한 일이로다. 너희는 잠시 남에게 맡겼던 것을 돌려받은 줄 알라. 나는 그저 심부름을 했을 뿐이며, 이렇게 말하는 나는 처사 전우치로다."

이 소문이 나라 안에 퍼지자 임금님을 속이고 나라를 소란케 하였다 하여 전우치를 잡아들이라는 명이 떨어졌다.

이에 우치는 더욱 괘씸하게 여기고,

"약한 자를 붙들어다 허물을 묻는 것은 굳센 자가 제 잘난 체하는 것이니, 내가 저희들의 힘이 얼마 안 된다는 것을 알려 주리라."

하며 들보 머리를 조금 베어 가지고 시장에 벌여 놓았다.

그러자 한 관리가 의심하며 우치에게 다가왔다. ☆ 시장에 내놓고 팔면 바로 소문이 날 것이다. 우치는 그것을 노리고 있다.

24

"이 금은 어디서 났는가? 값은 얼마나 하는가?"

"이 금은 나온 곳이 따로 있습니다. 값은 오백 냥입니다."

"그대 집을 알려 주면 내가 내일 돈을 가지고 가겠다."

관리는 곧바로 달려가 고을 태수에게 이 일을 고했다.

태수는 고개를 갸웃거렸다.

"지금 우리나라에 황금이 모두 동이 났는데, 이는 틀림없이 무슨 이유가 있을 것이다. 자세히 알아본 후 임금님께 고해야겠다."

태수는 관리에게 오백 냥을 주며 황금을 사 오게 하였다.

가져온 황금을 보니 분명 하늘에 바친 황금 들보 한 조각이었다.

"이 금은 들보 벤 것이 분명하다. 그 자가 바로 전우치로구나!"

태수는 곧바로 우치의 집으로 나졸들을 보내 우치를 잡게 했다.

그러나 나졸들이 달려와 집을 죽 에워싼 것을 보고 우치는 태연하게 좋은 음식을 대접하며 이렇게 말했다.

"그대들이 수고로이 왔으나, 나는 죄가 없으니 결단코 잡혀 가지 않을 것이다. 태수에게 돌아가 그대들의 힘으로는 나를 잡을 수 없다고 전하라. 만약 어명이 있다면 잡혀 가겠노라고 하라."

나졸들은 빈손으로 관아로 돌아갔다.

태수는 오백 명의 군사를 더 보내 우치의 집을 에워싸고 나라에는 장계를 올렸다.

임금은 크게 노하여 우치를 잡아들이라는 어명을 내렸다.

관아(官衙) 옛날에 관리들이 모여서 나랏일을 맡아보던 곳
방(榜) 옛날에 어떤 일을 널리 알리려고 사람이 많이 모이는 곳에 써 붙이던 글
빈민(貧民) 가난한 사람
처사(處士) 벼슬을 하지 않고 초야에 묻혀 사는 선비
태수(太守) 옛날에, 각 고을을 맡아 다스리던 높은 벼슬아치
어명(御命) 임금의 명령을 이르던 말
장계(狀啓) 왕명을 받고 지방에 나가 있는 신하가 자기 관하(管下)의 중요한 일을 왕에게 보고하던 일. 또는 그런 문서.

전우치는 가난한 사람들을 도운 자신을 잡으려 하자 매우 괘씸하게 여기고 임금 앞에 가서 그 잘못을 꼬집어 줄 생각인 듯하다.

곧 금부 군사들까지 우치의 집으로 몰려들었다.

그러나 우치는 비웃으며,

"너희 백만 군이 와도 나는 잡혀 가지 않을 것이다. 너희 마음대로 나를 쇠줄로 동여매고 단단히 얽어 가 보려무나."

하고 말했다.

군사들이 달려들어 우치를 쇠줄로 동여매고 끌고 가려는데,

"나를 잡아가지 않고 무엇을 매어 가는가?"

군사들이 보니 자기들이 한낱 잣나무를 매어 끌고 있었다. 기가 막혀 아무 말도 못하고 있는데

우치가 또 말했다.

"나를 잡아가려거든, 병 한 개를 줄 테니 그 병을
들고 가라."

우치가 병 하나를 땅에 놓자 군사들이 우르르 달려들었다. 우치는
병 속으로 자기 몸을 쑥 집어넣었다.

병은 무게가 천 근이나 되는 것 같았다.

곧 병 속에서 소리가 들려왔다.

"내 이제는 잡혔으니 가자."

군사들은 우치를 잃어버릴까 봐 병을 단단히 막고 짊어졌다.

그리고 궁궐로 돌아와 임금 앞에 내려놓자
임금은 한숨을 쉬었다.

초등필수
단어장

금부(禁府) 의금부. 조선 시대에,
임금의 명령을 받들어 중죄인을
신문하는 일을 맡아 하던 관아.

"전우치가 요술을 한다 하나 어떻게 병 속에 들어갔겠느냐."

이 때 병 속에서 말소리가 들려왔다.

"답답하니 병마개를 빼 주오."

임금은 그제야 우치가 병 속에 들은 줄 알고 어떻게 처치할지 궁리
했다.

"전하, 그 놈이 요술이 용하니 가마솥에 기름을 끓이고 병째로 집어
넣어 버리는 것이 좋겠습니다."

그들은 곧 불 위에 가마솥을 올리고 펄펄 끓는 기름 속으로 병을 던
져 넣었다.

그러자 병 속에서 또 말소리가 들려왔다.

"신의 집이 가난하여 추워 견딜 수 없었는데, 임금께서 이렇게 신의
얼었던 몸을 녹여 주시니 황송하고 감격스럽기 짝이 없습니다."

*우치는 정말 감사해서 이런 말을 한 것일까?
그보다는 자기 뜻과는 반대되는 말을 하면서
(반어법) 임금을 조롱하는 것이다.

임금은 더욱 화가 나서 병을 깨 여러 조각을 내게 했다.

그러나 병 속에는 아무것도 들어 있지 않고, 조각 조각이 모두 임금
앞으로 통통 튀어 와 소리쳤다.

"신이 전우치입니다. 임금께서는 백성이나 평안케 함이 옳을까 하나
이다."

조각마다 한결같이 떠들자 임금은 노발대발하였다.

"병 조각을 빻아 가루를 만들어 다시 기름에 끓여라!"

임금은 전우치의 집을 불사르게 하고 사라진 전우치를 잡아들이라고
명령했다.

신하들이 임금께 여쭈었다.

28

"요적 전우치를 힘으로는 잡을 수 없으니 사대문에 방을 붙여 죄를 사하여 준다 하고, 벼슬을 주겠다고 유혹하여 스스로 나타나면 그 때 잡는 것이 좋겠나이다."

즉시 사대문에는 이런 내용의 방이 붙었다.

"전우치가 비록 나라에 죄를 지었으나 그의 재주를 아껴 특별히 죄를 사하고 벼슬을 주노니, 전우치는 스스로 나타나라."

이 때 전우치는 구름을 타고 온 나라를 다니며 더욱 어진 일을 하고 있었다.

어느 곳에서 한 백발노인이 슬피 울고 있었다.

우치가 구름에서 내려가 물으니 노인이 울음을 그치고 대답했다.

"내 나이 일흔셋에 자식 하나 있었는데, 애매한 일로 살인 죄수가 되어 잡혀 죽게 되었으니 서러워 울지 않을 수가 없소."

"도대체 무슨 일로 그리되었습니까?"

"자식이 왕가와 조가 두 사람의 싸움을 말렸는데, 왕가가 그만 싸움 끝에 죽고 말았소. 그런데 범인인 조가가 형조판서 양문덕과 아는 사이지 뭐요. 그래서 대신 내 자식이 살인하였다고 문서를 꾸며 옥에 가두고 말았소."

"그렇다면 조가가 진짜 범인이 아닙니까. 양문덕의 집이 어디입니까?"

우치는 몸을 흔들어 순식간에 일진청풍으로 변해 형조판서 양문덕의 집으로 날아갔다.

초등필수
단어장

사대문(四大門) 조선 시대 서울의 동서남북에 있던 네 대문. 동쪽의 흥인지문, 서쪽의 돈의문, 남쪽의 숭례문, 북쪽의 숙정문을 이른다.
사하다 지은 죄나 허물을 용서하다.
백발노인(白髮老人) 머리털이 허옇게 센 늙은이
일진청풍(一陣淸風) 한바탕 부는 맑고 시원한 바람

양문덕은 홀로 앉아 거울을 들여다보고 있었다.

우치는 죽은 왕가로 몸을 변하였다.

양문덕이 이상히 여겨 돌아보니 뒤에는 아무것도 없었다. 다시 거울을 보니 또 왕가가 그 안에 서 있었다.

거울 속의 왕가가 소리쳤다.

"나는 이번에 조가 손에 죽은 왕가다. 당신이 잘못 알고 이가를 가두고 조가를 놓아 주었으니, 원통하여 저승으로 갈 수가 없다. 내 너를 가만두지 않을 것이다!"

놀란 양문덕은 곧바로 조가를 잡아들였다. 그러나 조가는 한사코 자기가 한 짓이 아니라고 발뺌했다.

이 때 다시 왕가의 혼령이 나타나 크게 고함질렀다.

"이 몹쓸 조가 놈아! 네가 나를 죽이지 않았느냐. 내 원수를 갚지 못한다면 너와 양문덕을 지옥으로 잡아가 가둘 것이다!"

조가는 놀라서 머리를 들지 못하고 양문덕도 크게 놀라 우왕좌왕하였다.

양문덕이 정신을 차리고 조가를 다시 문초하자 조가는 견디지 못하고 자백했다.

이가가 풀려나 아버지에게 달려가니 노인은 기쁨을 이기지 못했다.

우치가 이가를 구하고 더 가다 보니 저잣거리에서 사람들이 돼지 머리 다섯을 놓고 다투고 있었다.

우치가 구름에서 내려 이유를 물었다.

"내가 쓸 데가 있어 돼지 머리를 사 가는데, 관리 놈이 그것을 빼앗아 가려 하지 않소!"

우치가 주문을 외우자 돼지 머리가 입을 벌리고 관리의 등을 물려고 달려들었다.

관리와 구경하던 사람들 모두 놀라 달아났다.

우치가 또 구름을 타고 동쪽으로 가 보니 두어 사람이 말을 주고받고 있었다.

"장 **고지기**는 착하고 어진 사람인데 이런 일을 당하다니 참으로 불쌍하게 되었다."

우치가 구름에서 내려 무슨 일인지 묻자,

"**호조** 고지기 장세창은 어질고 효성이 지극하며 가난한 사람 돕기를 좋아했다오. 그런데 문서를 잘못 쓴 탓으로 자기가 쓰지도 않은 은자 이천 냥을 물게 되었소. 그것을 갚지 못해 이제 형벌을 받게 되었으니 너무나 안타까운 일이오."

우치는 불쌍한 마음이 들어 장세창의 **형장**으로 날아갔다.

한 소년이 수레에 실려 오고, 그 뒤에 젊은 여자가 따라오며 울고 있었다.

우치는 몸을 흔들어 일진청풍으로 변하여 장세창과 그 아내를 거두어 하늘로 올라갔다.

사람들은 하늘이 어진 사람을 구한다며 모두 기뻐했다.

알고 나면 더 재밌어요!

전우치는 조선의 슈퍼맨?
전우치의 활동을 보며 전우치가 어떤 인물인지 생각해 보자. 전우치는 자신이 가진 특별한 능력으로 어려운 사람을 돕고 억울한 사람들의 문제를 해결해 주고 있다.

하루는 우치가 한가하게 다니며 구경하다 어느 곳에 이르렀는데 누군가 슬피 우는 소리가 들렸다.

우치가 가서 우는 이유를 물었다.

"나는 한자경이라 하는데, 부친의 상을 당하였으나 장사를 지낼 수 없고 날씨가 추운데 칠십 모친을 모실 길이 없어 우는 것이오."

우치는 불쌍히 여겨 소매에서 족자를 하나 꺼내 주며 말했다.

"이 족자를 집에 가져가 걸고 '고직아!' 하고 부르면 대답을 할 것이오. 그리고 은자 백 냥만 내라 하면 즉시 줄 것이오. 그것으로 장사를 지내고 그 후부터는 매일 한 냥씩만 들이라 하여 모친을 봉양하시오. 만일 더 달라고 하면 큰 화를 입을 것이니 욕심을 내지 말고 부디 조심하시오."

한자경이 집으로 돌아와 족자를 걸어 놓고 보니, 다른 것은 아무것도 없고 큰 집 하나만 덩그러니 그려져 있는데 그 속에 열쇠를 지닌 소년이 서 있었다.

그는 시험 삼아 "고직아!" 하고 불러 보았다.

그러자 소년이 대답하며 그림에서 걸어 나왔다.

그는 신기해하며 은자 백 냥을 들이라고 말해 보았다.

말이 채 끝나기도 전에 소년은 은자 백 냥을 그의 앞에 내놓았다.

그는 은을 팔아 부친 장사를 지내고, 그로부터 매일 은자 한 냥씩을 받아 노모를 봉양했다.

그런데 하루는 큰 돈을 쓸 일이 있어 고지기를

초등필수
단어자

부친(父親) '아버지'를 달리 이르는 말
모친(母親) '어머니'를 달리 이르는 말
족자(簇子) 그림이나 글씨를 벽에 걸거나 말아 두려고 위아래에 막대를 대고 테두리에 종이나 천을 바른 물건
봉양하다 먹을 것을 마련하여 웃어른을 모시다.
노모(老母) 늙은 어머니

32

불러 물었다.

"내가 쓸 데가 있으니 은자 백 냥을 먼저 쓰면 어떠하냐?"

고지기는 들어 주지 않았다.

한자경이 자꾸 간청하자 고지기는 말없이 문을 열었다.

한자경은 고지기를 따라 그림 속으로 걸어 들어갔다. 그리고 양손 가득히 은자 백 냥을 쥐었다.

그러나 한자경이 돌아 나오려 할 때 이미 창고 문은 잠겨 있었다.

"고직아! 고직아!"

놀라서 고지기를 불렀으나 아무 대답도 없었다.

한자경은 문을 쾅쾅 두드렸다.

이 때 호조판서가 마루에 앉아 있다가 이상히 여기고 창고 문을 열게 하였다.

그러자 안에 한 사람이 은자를 들고 서 있는 것이었다.

"너는 어떤 놈이기에 감히 이 곳에 들어와 은자를 훔치려 하는가?"

한자경이 대답했다.

"너희는 어떤 놈이기에 남의 집에 들어와 무례하게 구느냐?"

호조판서는 당장 한자경을 잡아 무릎을 꿇렸다.

한자경이 그제야 정신을 차리고 보니 자기가 호조에 와 있는 것이 아닌가.

"내가 어찌 이 곳에 왔는가? 내가 꿈을 꾸고 있는 것인가?"

호조판서가 호령했다.

"너는 어떤 놈이냐? 감히 임금님의 창고에 들어와 도둑질을 하다니 죽음을 면치 못할 것이다. 어떤 놈인지 자세히 아뢰라."

"소인은 그저 집에 걸린 족자로 들어가 은을 가지고 나오려 했을 뿐인데 이런 변을 당했나이다. 소인은 아무것도 모르옵니다."

호조판서가 이상히 여겨 족자의 출처를 묻자 한자경은 지금까지 있었던 일을 모두 고했다.

"너는 언제 전우치를 보았느냐?"

"본 지 오 개월이나 되었습니다."

호조판서는 괴이히 여겨 각 창고를 조사하도록 했다.

은 궤짝을 열자 은은 없고 청개구리가 가득했다. 또 돈 곳간을 열자 돈은 없고 누런 뱀만 가득했다.

깜짝 놀라 임금께 고하자 임금은 허둥지둥 신하들을 불러 모았다.

각 창고의 관리가 아뢰었다.

"창고의 쌀이 변하여 버러지뿐이요, 쌀은 한 섬도 없나이다."

각 군영의 관리가 말했다.

"창고의 무기가 변하여 나무가 되었나이다."

또 궁녀가 나와서 고하였다.

"궁궐 안에 호랑이가 들어와 궁녀들을 해치고 있나이다."

임금이 즉시 활 쏘는 군사들을 보내 보니, 호랑이 등에 궁녀들이 하나씩 올라타 있었다.

호랑이를 겨누고 활을 쏘자 갑자기 검은 구름이 일더니 모두 구름에 싸여 하늘로 올라가 뿔뿔이 흩어져 버렸다.

임금은 이 광경을 보고 발을 동동 굴렀다.

"다 우치라는 자의 술법이니, 이 놈을 잡아야 나라가 태평하리라!"

호조판서가 말했다.

"은 도둑을 잡아 가두어 놓았습니다. 이 놈이 우치와 한 패거리이니 처형하도록 하십시오."

초등필수
단어장

버러지 '벌레'를 좀 더 낮추거나 얕잡는 뜻으로 이르는 말
군영(軍營) 군대가 머물러 있는 곳

곧 한자경이 형장으로 끌려 나왔다.

이 때 문득 거센 바람이 불어닥치더니 순식간에 한자경의 자취가 사라졌다.

전우치는 한자경을 제 집으로 돌려보내며 말했다.

"내 그대에게 무엇이라 당부하였소. 그대를 불쌍히 여겨 그림을 주었거늘, 내 말을 듣지 않고 하마터면 죽을 뻔했으니 누구를 원망하리오."

우치가 두루 다니며 보니 사대문에 방이 붙어 있었다. 우치는 속으로 냉소하며 궐문으로 나아가 큰 소리로 외쳤다.

☆ 차갑게 비웃는 것을 보면 우치는 이미 임금과 신하들의 속셈을 눈치 채고 있는 것이다.

"전우치 스스로 나와 임금을 뵈려 하옵니다!"

이를 전해 들은 임금이 말했다.

"이 놈의 죄를 사하고 벼슬을 시켰다가 또 문제를 일으키거든 그 때 처벌하자."

임금은 즉시 우치를 들이라 하였다.

"내 너의 재주를 보니 과연 신기한지라, 죄를 사하고 벼슬을 주노니 너는 나라에 충성을 다하라."

우치가 벼슬을 받고 조정에 나간 지 몇 달이 지났다.

신하들이 하인을 불러 꾸짖었다.

"전우치는 어찌하여 선배들을 대접하는 관례를 무시하고 행하지 않는가? 어서 허참을 서두르라 일러라."

☆ 허참(許參)은 후임 관리가 선임들에게 음식을 대접하는 일을 말한다. 이 관리들은 자기 뱃속을 불리는 데만 관심이 많다.

하인들이 그대로 고하자 우치가 말했다.

"너희들은 내일 아침 백사장으로 모두 모이거라."

36

그러자 아랫사람이 우치에게 말했다.

"허참을 하려면 적게 하려 해도 수백 금이 듭니다. 그러니 사오 일 음식을 준비하여 치르겠습니다."

우치가 말했다.

"내가 벌써 다 준비해 놓았으니 걱정 말고 모두 대령하라."

이튿날 모든 하인이 백사장에 모였다.

백사장 위에는 이미 자리가 마련되어 휘황찬란한 병풍이 둘러 있었다. 그 안에 **풍악** 소리 가득하고 십여 명의 사람이 한창 음식 준비를 서두르고 있었다.

날이 밝자 벼슬아치들이 말을 타고 나타났다. 차려 놓은 것이 매우 화려하여 모두 어리둥절하였다.

손님 앞에 상이 놓이고 모두들 취하여 흥청거렸다.

우치가 손님들에게 말했다.

"이런 잔치에 기생이 없으면 재미없으니 내가 나가 기생을 데려오리다."

우치가 하인을 데리고 나는 듯이 문밖으로 나가더니, 오래되지 않아 무수한 기생을 데리고 돌아왔다.

"이제 기생을 데려왔으니 각각 한 명씩 술을 따르고 흥을 돋우리다."

모두 기뻐하고 차례로 하나씩 불러 앉혔다.

그런데 옆에 앉히고 보니 모두 그들의 아내였다.

놀랍고 분했지만 남들이 알까 봐 부끄러워 아무 말도 못 하고 모두 허둥지둥 자리를 떠났다.

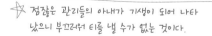 점잖은 관리들의 아내가 기생이 되어 나타났으니 부끄러워 티를 낼 수가 없는 것이다.

풍악(風樂) 옛날부터 전해 내려오는 우리나라 전통 음악 가운데 악기로 연주하는 음악

집으로 돌아와 보니 모든 집에서는 하인들의 통곡 소리가 하늘을 울리고 있었다.

"아이고, 나리! 마님이 방금 돌아가셨습니다!"

김 선전이라는 자는 화가 나서 집으로 들어서는데 갑자기 하인들이,

"마님께서 급체하여 숨이 끊어졌다가 지금 다시 살아나셨습니다."

하고 외쳤다. 김 선전은,

"어찌 나를 속이려 하느냐!"

하며 분을 참지 못하고 중얼거렸다.

"이 몹쓸 처자가 집안을 돌보지 않고 이런 괴이하고 부끄러운 짓을 하는 것을 내가 몰랐으니 통탄할 일이로다."

그리고 방으로 들어가 보니, 부인이 정말 죽었다 깨어난 듯 자리에서 부스스 일어나는 것이었다.

부인이 말했다.

☆ 조선 시대 선전
관(宣傳官)이라
는 벼슬

"내가 꿈을 꾸었는데, 어느 곳에 가니
잔치가 열려 있고 지체 높은 관리들이 앉아
있었어요. 그리고 나와 같은 늙고 젊은 부인들
이 잔뜩 모였는데, 한 사람이 기생을 데려
왔다고 말하자 모두 하나씩 앞에 앉히
고 시중을 들게 하더군요. 나는 낭군
앞에 앉게 하기에 잠자코 있었지요.
그런데 사람들이 모두 노한 기색을 보이
더니, 낭군이 먼저 일어나고 모두 흩어지
는 바람에 꿈에서 깨었어요."
    김 선전은 할 말을 잃었다.

모든 이들이 집에서 부인이 기절했다가 깨어났다는 말을 듣고 나서야 그들은 우치에게 속았음을 깨달았다.

"이는 분명 전우치가 요술로 우리를 욕보인 것이다."

그들은 어떻게 전우치를 잡을까 궁리하며 분을 참지 못하고 씩씩거렸다.

이 때 함경도 가달산에 한 도적이 나타나 재물을 빼앗으며 백성들을 해쳤다. 고을 관아에서 잡으려 했으나 소용없었다.

임금은 크게 근심하며 신하들을 불렀다.

우치가 말했다.

"도둑의 세력이 매우 크다 하니 신이 나아가 살핀 후에 잡을 방법을 찾아 보겠나이다."

우치는 즉시 말에 올라 군대를 거느리고 가달산 근처에 다다랐다.

큰 산은 하늘에 닿을 듯 솟아 있고 나무가 빽빽하며 기이하고 괴상한 바위가 층층이 쌓여 있었다.

"너희는 여기서 나의 명령을 기다려라."

우치는 순식간에 솔개로 변해 하늘로 날아올랐다.

우치가 공중에서 두루 살펴보니 도적 떼 백여 명이 함성을 지르며 사냥하고 있었다.

자세히 보니 우두머리는 덩치가 크고, 키는 팔 척이나 되며, 낯빛이 붉고, 눈이 방울 같고, 수염은 비늘을 묶어 세운 듯했다.

우두머리 엄준이 큰 소리로 호령했다.

"오늘은 곳곳으로 나갔던 장수들이 다 돌아오는 날이니, 소 열 필을 잡아 잔치를 열라."

우치는 한 가지 계략을 생각해 냈다.

우치는 나뭇잎을 흩어 모두 병사를 만들고 무기를 들렸다.

그리고 도적들의 성문 앞으로 다가가 주문을 외우자 굳게 잠겼던 문이 스르륵 열렸다.

좌우에는 수많은 집이 즐비하고 창고에는 곡식이 가득했다. 앞에는 커다란 궁궐이 하늘 높이 솟아 있었다.

우치는 다시 한 번 몸을 변하여 솔개가 되어 궁궐로 날아들었다.

위에서 보니 도둑 떼의 두목은 황금으로 만든 의자에 앉아 있고 좌우에는 장수들이 차례로 앉아 잔치를 벌이고 있었다.

우치는 숨어서 주문을 외웠다. 곧 하늘에서 무수한 줄이 내려와 장수들 앞의 상을 모두 거두어 가지고 하늘로 높이 떠올랐다.

이어서 광풍이 불어닥치자 도둑들은 눈을 뜨지 못하고 천막과 병풍이 모두 무너져 공중으로 날아갔다.

엄준은 정신을 차리지 못하고 뜰 아래 나무 밑동을 붙들고, 군사들은 손에 음식을 든 채 바람에 굴러다녔다.

우치는 이렇게 한바탕 속이고 바람을 거두어 산 아래로 내려왔다. 그리고 빼앗아 온 음식으로 군사들을 배불리 먹였다.

바람이 그쳐 엄준과 장수들이 비로소 정신을 차리고 보니 음식이 모두 간데없었다.

이튿날 새벽, 우치는 갑옷과 투구를 갖추고 다시

솔개 시골 마을이나 바닷가에 사는 나그네새. 깃털은 어두운 갈색이고 가슴에 검은 세로무늬가 있다. 우리나라에서는 겨울에 흔하다.
필(匹) 말이나 소를 세는 단위
광풍(狂風) 사납게 휘몰아치는 바람

산으로 들어가 성문 앞에서 크게 호령했다.

"너희는 어서 나와 내 칼을 받으라!"

놀란 엄준은 부하들을 거느리고 달려 나와 칼을 뽑았다.

"너는 누구인데 감히 와 싸우고자 하는가?"

"나는 나라의 명을 받고 너희를 잡으러 온 전우치다."

두 사람이 칼을 부딪자 맹호가 밥을 다투듯, 청룡 황룡이 여의주를
다투듯 번쩍였다.

오랜 시간이 지나도록 승부는 나지 않았다.

양쪽 진에서 모두 징을 쳐 군사를 거두었다.

장수들이 엄준에게 말했다.

"어제 뜻하지 않은 변을 만나 매우 놀랐으나, 오늘 장군께서 범 같은
장수를 능히 대적하시니 하늘이 도우시는 것입니다. 그러나 적군 장수
의 용맹이 뛰어나 얕잡아 보아서는 안 되겠습니다."

엄준이 큰 소리로 웃었다.

"적이 비록 용맹하나 내가 두려울쏘냐. 내일은 결단코 우치를 베고
곧바로 도성으로 향하겠다."

이튿날, 엄준은 성문을 열고 크게 호령했다.

"전우치는 어서 나와 내 칼을 받으라! 오늘은 맹세코 너를 벨 것이다!"

적장의 창이 마치 번개와도 같자 우치는 몸을 세게 흔들었다.

그러자 또 다른 우치들이 우치 몸에서 쑥쑥 솟아났다.

진짜 우치는 공중으로 솟아오르고 거짓 우치들이 한꺼번에 엄준에게
달려들었다.

"내 평생에 살생을 아니하려 했는데 이제 너를 죽여야겠다."

우치는 다시 생각하여,

"이 놈을 생포하여 만일 순종하면 죄를 사하여 양민을 만들고, 그러지 않으면 죽여 후환을 없애리라."

하고 공중에서 칼을 휘둘렀다.

☆ 이렇게 생각을 바꾼 이유가 무엇일까? 우치는 악인에게도 착하게 살 기회를 주고 싶은 것이다.

"적장 엄준은 나의 재주를 보라."

엄준이 크게 놀라 하늘을 쳐다보니 한 떼 구름 속에 우치의 칼이 번개같이 번쩍였다. 엄준은 급히 몸을 돌려 성을 향해 달렸다.

그러자 앞으로 우치가 칼을 들어 길을 막고, 뒤로 우치가 따라오고, 좌우로 칼을 들어 달려오고, 또 머리 위로 우치가 말을 타고 춤추며 다가왔다.

엄준은 정신이 아득하여 말에서 굴러떨어졌다.

우치는 그제야 구름에서 내려 거짓 우치들을 거두고, 군사들을 호령하여 엄준을 잡아 꽁꽁 묶었다.

우치는 모든 장수들을 잡아 한 사람도 해치지 않고 꾸짖었다.

"너희들이 마을을 노략하고 백성을 살해하니 그 죄 매우 크나 특별히 죄를 사하니, 모두 고향으로 돌아가 농사일에 힘쓰고 양민이 되어 살아라."

모든 장졸이 머리를 조아리며 감사하고 일시에 흩어졌다.

우치가 엄준에게 말했다.

알고 나면 더 재밌어요!

전우치의 성품은?
전우치는 백성들을 해치는 도적을 소탕한다. 그러나 그들에게 잘못을 되돌릴 기회를 주고 선량한 백성으로 살아갈 수 있도록 도와 준다. 그는 뛰어난 도술이 있지만 그것을 이용해 함부로 사람을 해치지 않는 의로운 인물로 그려지고 있다.

"네 재주와 용맹이 있거든 마땅히 충성을 다하여 나라에 은혜를 갚고 후세에 이름을 전함이 옳거늘, 감히 역심을 품고 산적이 되어 재물을 노략하고 백성을 살해하니, 죽음으로 그 죄를 물어야 할 것이다."

엄준이 엎드려 빌며 뉘우치는 눈물이 비 오듯 하였다.

우치는 한참 동안 깊이 생각하고 다시 엄준에게 말했다.

"네가 진실로 지난날의 잘못을 뉘우치고 올바르게 살고자 한다면 용서해 주겠다."

우치는 좌우의 군사들에게 분부하여 묶인 것을 끌러 주었다.

엄준은 우치의 재주에 항복하여 은혜에 감사하고 고향으로 돌아가 양민이 되었다.

어느 날 임금이 호조판서에게 물었다.

"전에 궤짝의 은이 변하였다 했는데 그것은 어찌되었느냐?"

"지금껏 변하여 있나이다."

임금이 또 물었다.

"곳간의 변한 것은 어찌되었느냐?"

"다 변한 대로 있나이다."

임금이 근심에 싸이자 우치가 말했다.

"신이 창고에 가 보고 오겠습니다."

우치가 가서 문을 여니 은이 전과 같이 그대로 놓여 있었다.

호조판서는 깜짝 놀라 외쳤다.

"내가 어제도 보고 아까도 보았는데 지금은 은으로 보이니 참으로 이

상하도다."

그리고 창고에 가서 문을 여니 쌀이 여전하고 조금도 변한 데가 없었다. 모두 놀랍고 신기하게 여겼다.

우치가 두루 살펴보고 궐로 들어가 고하자 임금이 매우 기뻐했다.

이 때 한 신하가 나와서 말했다.

"호서 땅에 사오십 명의 사람이 모여 반역을 의논하고, 오래지 않아 군사를 일으키겠다고 서찰을 보내왔습니다. 지금 그 사자를 가두어 놓았으니 전하께서 직접 심문하여 보십시오."

임금은 곧 금부와 포청에 일러 반역의 무리를 잡아들였다.

잡혀 온 한 사람이 말했다.

"우리는 전우치를 임금으로 삼아 만백성을 평안케 하고자 했으나, 하늘의 도움이 없어 이렇게 발각되고 말았으니 죽어도 한이 없다."

임금은 매우 노하여 우치를 잡아들였다. ☆ 전우치를 함정에 빠뜨리려는 계략

"우치가 반역을 꾀함을 짐작하고 있었으나 두고 보려 하였더니, 이제 이렇게 발각되었으니 그 죄를 물을 것이다."

나졸들이 달려들어 우치의 관복을 벗기고 임금 앞에 꿇렸다.

임금은 즉시 우치를 형틀에 올려 매고,

"네 전날 나라를 속이고 도처에서 장난한 것도 용서치 못하거늘, 이제 또 역모에 가담하다니 더는 두고 볼 수 없다."

임금은 나졸들에게 명령하여 우치를 한 매에 죽이라 하였다. 그러나 나졸들은 매가 무거워 들지도

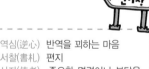

초등필수
단어장

역심(逆心) 반역을 꾀하는 마음
서찰(書札) 편지
사자(使者) 중요한 명령이나 부탁을 받고 다른 나라나 어떤 집단 우두머리에게 심부름 가는 사람
도처(到處) 여러 곳
역모(逆謀) 왕을 쫓아내고 새 나라를 세우려는 계획

못하고, 팔이 아파 매를 칠 수도 없었다.

우치가 말했다.

"그 일을 저는 전혀 알지 못하옵니다."

임금은 들으려 하지 않았다.

우치가 다시 말했다.

"신이 죽는 것은 서럽지 않으나, 평생에 배운 재주를 세상에 전하지 못하는 것이 안타깝사옵니다. 임금께서는 저의 원을 풀게 해 주소서."

임금이 생각했다.

'이 놈이 재주가 능하다 하니 시험하여 보자.'

"그래, 무슨 재주가 있기에 이리 보채느냐?"

우치가 말했다.

"신은 본래 그림 그리기를 잘해, 나무를 그리면 나무가 점점 자라나고 짐승을 그리면 짐승이 기어가고 산을 그리면 풀과 나무가 나서 자라니 신의 그림을 명화라 칭송하옵니다. 이런 그림을 전하지 못하고 죽는다면 어찌 원통하지 않겠습니까."

임금은,

'이 놈을 이대로 죽이면 원혼이 되어 괴롭히지 않겠는가.'

하고 즉시 맨 것을 끌러 우치에게 종이와 붓을 내려 주었다.

우치는 곧 붓을 들어 쓱쓱 그려 나갔다.

수많은 봉우리가 첩첩이 펼쳐진 산중에 폭포가 쏟아져 흐르고 시냇가에 버들가지 늘어지게 그리고 그 밑에 안장을 진 나귀를 그리고 나서 우치는 붓을 던지고 임금께 절을 올렸다.

"너는 금방 죽을 목숨인데 어찌 나에게 절을 하느냐?"
우치가 말했다.

"신이 이제 전하를 하직하옵고, 산속으로 들어가 남
은 생애를 마치고자 하여 이렇게 인사를 올립니다."

우치는 순식간에 나귀 등에 올라 산으로 들어가
더니 이윽고 간데없이 사라졌다.

하직(下直) 멀리 떠나기 전에
웃어른께 인사를 드리는 것

전우치전, 이후의 이야기
전우치는 그림 속으로 사라진 후 세상
을 떠돌며 도술을 부리다가 강림도령과
서화담을 만나 대적한다. 그리고 더 큰
도를 닦기 위해 서화담과 함께 산속으
로 들어가는 것으로 이야기는 끝을 맺
는다.

짧은 글 짓기

1 빈민
2 저잣거리
3 부친
4 족자
5 살생

이해력을 길러요

1 전우치는 어떤 성격의 인물인가요?

2 지금까지 여러분이 읽었던 고전 소설 속에서 전우치와 비슷한 인물들을 찾아 보세요.

3 여러분이 지금 읽은 소설 '전우치전'을 영화 '전우치'와 TV 드라마 '전우치'와 비교해 보고
   어떤 공통점과 차이점이 있는지 말해 봅시다.

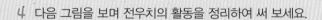

4 다음 그림을 보며 전우치의 활동을 정리하여 써 보세요.

사고력을 길러요

1   전우치는 실존 인물이라고 앞에서 소개하였습니다. 소설의 작가는 전우치라는 실존 인물
    에 어떤 허구를 보탰을지 생각해 봅시다.(허구란 사실에 없는 일을 사실처럼 꾸며 만드는
    것을 말합니다.)

2   전우치와 홍길동을 비교해 보고 유사점을 찾아 보세요.

	전우치	홍길동
집을 떠난 이유가 무엇인가요?		
어떤 능력을 갖고 있나요?		
어떤 일을 했나요?		

논리력을 길러요

1   여러분이 소설의 작가라면 이 소설을 어떻게 끝맺고 싶나요? 마음껏 상상하여 전우치의
    다음 이야기를 직접 써 봅시다.

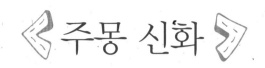

주몽 신화

작자미상

교과서에도 있어요.

중학 국어 1 [비상교과서]
고등 문학 I [창비, 교학도서]
고등 문학 II [해냄, 신사고, 지학사, 천재문화]

줄거리를 읽어 봐요

　　하늘님의 아들인 해모수는 강신의 딸 유화를 만나 혼인했습니다. 해모수가 하늘로 올라간 후 유화 부인은 아버지의 노여움을 받아 귀양 가게 되었습니다. 유화 부인은 어느 날 왼편 겨드랑이로 알을 낳았습니다. 알에서 태어난 아이는 어려서부터 활을 잘 쏘아 주몽이라고 불렸습니다. 재주가 뛰어난 주몽은 금와왕의 아들로부터 시샘을 받았습니다. 견딜 수 없었던 주몽은 금와왕의 나라를 떠나 남쪽으로 내려가 온갖 고난을 이겨 내고 자신의 나라를 세웠습니다. 그 나라가 바로 고구려입니다. 훗날 주몽의 아들 유리가 아버지를 찾아와 그 뒤를 이어 고구려의 기틀을 단단히 다졌습니다.

이것만은 꼭 알고 가자!!

'주몽 신화'는 고구려의 건국 신화입니다. 건국 신화란 한 나라가 세워진 내력에 대해 사실과 신비로운 이야기가 결합되어 전해지는 것입니다. 우리 민족의 시조를 알게 하는 단군 이야기나 신라 건국을 알려 주는 박혁거세 이야기도 모두 건국 신화입니다.

옛날에는 나라의 건국을 이러한 이야기 형식으로 당시 사람들과 후세에 전했습니다. 이런 이야기에는 하늘에서 내려온 신적인 존재가 나라를 세웠다는 내력이 담겨 있습니다. 이러한 건국 신화를 통해 당시 사람들은 국가에 대한 자부심을 가질 수 있었지요.

'주몽 신화'는 건국 신화의 특징을 그대로 보여 줍니다. '신비로운 탄생'과 '어린 시절의 고난', '고난의 극복'과 '나라의 건국'이라는 흐름을 가지고 있지요.

이 이야기를 통해 우리의 고대 왕국인 고구려가 어떻게 형성되었는지 알 수 있습니다. 그리고 그 안에서 당시 사람들의 세계관을 엿볼 수도 있습니다. 주몽이 어떻게 나라를 세웠는지, 그가 누구의 자손인지 우리도 함께 알아봅시다.

주몽 신화

옛날옛적에 하늘님께서 아들 해모수를 땅으로 내려보내 놀게 하셨단다. 해모수는 하늘에서 내려와 아침에는 나랏일을 보고 저녁이면 하늘로 올라갔지.

한편 강을 지키는 신 하백에게는 아름다운 세 딸이 있었는데 첫째 딸은 유화, 둘째 딸은 훤화, 셋째 딸은 위화라고 해. 그들은 강 위로 나와 놀곤 했어.

마침 해모수 왕이 보고 신하들에게 말했지.

"저들 중에서 왕비를 얻어야겠다."

하백의 딸들은 왕을 보자 물속으로 들어가 버렸어.

주위 신하들이 왕에게 이렇게 말했지.

"궁전을 지어 여인들이 들어가기를 기다렸다가 문을 닫으십시오. 그러면 그들을 만나 볼 수 있을 것입니다."

해모수 왕이 그 말을 듣고 말채찍으로 땅을 긋자 순식간에 방이 하나

생겼어.

　방 안에 세 자리를 마련해 놓고 그 위에 동이 술을 놓아 두었지.

　얼마 후 하백의 딸들이 방으로 들어가 각각 자리에 앉고 거기 놓인 술을 함께 마셨어.

　해모수는 그들이 취하기를 기다렸다가 급히 문을 막았지.

　자매들은 놀라서 달아났는데, 첫째 딸인 유화는 왕에게 붙들리고 만 거야.

　이를 알게 된 하백이 크게 노하여 해모수에게 사자를 보냈어.

　"너는 어떤 사람인데 나의 딸을 붙잡아 두었는가?"

"나는 하늘님의 아들로, 이제 하백에게 **구혼**하고자 하오."

하백이 다시 사자를 보내,

"네가 하늘님의 아들로 나에게 구혼을 하려 한다면 마땅히 중매를 보내야 할 터, 이렇게 갑자기 나의 딸을 붙잡아 둔 것은 커다란 실례가 아닌가."

해모수는 부끄럽게 여기고 유화를 놓아 주었지.

그러나 유화는 혼자 돌아가려 하지 않았어.

"**오룡거**를 타면 아버님의 나라에 도착할 수 있습니다."

해모수가 하늘을 가리켜 외치자 오룡거가 공중으로부터 내려왔어.

해모수와 유화가 수레에 오르고 곧 비바람이 일며 순식간에 하백의 궁전에 도달했지.

하백은 예를 갖추어 이들을 맞이하고 자리를 정한 뒤에,

"혼인하는 법은 하늘과 땅이 다르지 않거늘, 어찌하여 예를 잃고 나의 가문을 욕되게 하였는가? 그대가 하늘님의 아들이라면 무슨 신비로운 재주가 있는가?"

하고 물었어.

"왕께서 시험해 보십시오."

이에 하백이 뜰 앞의 물에서 잉어가 되어 놀자 해모수는 **수달**로 변해 쫓아왔어.

하백이 다시 사슴이 되어 달아나자 해모수는 늑대가 되어 쫓았어.

하백이 꿩으로 변하자 해모수는 매가 되어 그

동이 물 긷는 데 쓰는 항아리. 둥글고 주둥이가 넓은데 양옆에 손잡이가 달려 있다.
구혼(求婚) 혼인하자고 말하는 것. 또는 혼인할 사람을 찾는 것.
오룡거(五龍車) 다섯 마리 용이 끄는 수레
수달(水獺) 깊은 산골짜기 물가에 사는 짐승. 몸이 가늘고 꼬리가 긴데 다리는 짧다. 발가락에 물갈퀴가 있어서 헤엄을 잘 친다.

하백과 해모수 사이의 실력 경쟁에서 하백이 조금씩 밀리는 것을 볼 수 있다. 이 이야기는 하늘의 자손이라 여기는 부족과 강의 자손이라 여기는 부족 사이의 경쟁으로 해석한다.

를 쳤어.

하백은,

'이 사람은 참으로 하늘님의 아들이로구나.'

생각하고 예를 갖추어 혼인을 이루었지.

그런데 하백은 해모수가 혹시라도 딸을 데려갈 마음이 사라졌을까 염려가 된 거야.

그래서 술을 권해 취하게 하고, 딸과 함께 작은 가죽 수레에 넣어 올려보냈어.

수레가 물을 채 빠져나오기 전에 해모수는 술에서 깨어났어.

해모수는 깜짝 놀랐지. 그래서 부인의 황금 비녀로 가죽 수레를 찌르고, 그 구멍으로 홀로 빠져나와 하늘로 올라갔대.

하백은 굉장히 화가 났어.

"너는 나의 가르침을 따르지 않고 나의 가문을 욕되게 했다."

그래서 유화 부인은 태백산 남쪽의 우발수(優渤水)로 귀양 가게 되었단다.

☆ 백두산을 가리킨다. 주몽이 어디서 태어났는지, 대강의 위치를 짐작할 수 있다.

어느 날, 어부 강력부추(强力扶鄒)가 동부여 금와왕에게 이런 말을 했어.

☆ 동부여는 두만강 유역에 있던 나라이다. 금와는 이 나라의 두 번째 왕이다.

"요즈음 물고기를 잡으면 가져가는 자가 있는데 어떤 짐승인지 알지 못하겠나이다."

금와왕이 어부를 시켜 그물로 끌어내게 했더니 그물이 찢어지고 말았지.

다시 쇠그물을 만들어 끌어내니까 비로소 한 여자가 돌 위에 나와

앉았는데, 금와왕은 여인이 해모수의 부인임을 알고 별
궁에서 살도록 했대.

유화 부인은 햇빛을 받고 임신을 해서 아들을 낳았는
데, 울음소리가 매우 크고 얼굴 생김이 영웅답고 기이했
다고 해.

☆ 주몽은 수태와 탄생이 매우 신비롭다. '기이한
탄생'은 신화 속 영웅들의 공통점이다

신비로운 탄생과 고난
주몽은 하늘님의 아들 해모수
와 강의 신 하백의 딸 유화 사이
에서 태어났다. 이는 주몽이 평
범한 사람이 아닌 신적인 존재
임을 말해 준다. 태어난 것도 보
통 사람들과는 다르게 알을 깨
고 나왔다. 신의 자손답게 비범
한 능력도 갖추고 있다. 그러나
주몽이 나라를 세우기까지는 아
직 많은 고난이 남아 있다.

주몽의 이야기

유화 부인은 왼편 겨드랑이로 알을 낳았어. 크기가 닷 되쯤 되었다지.

금와왕이 이를 괴이하게 여기고는,

"사람이 새알을 낳은 것은 상서롭지 못하다."

하고 사람을 시켜 알을 마굿간에 버리게 했대. 그러나 모든 말들이 알
을 밟지 않았어.

다시 깊은 산에 알을 버렸지만 모든 짐승이 보호해 줬대. 구름이 낀
날에도 알 위에는 언제나 햇빛이 비쳤고.

그러자 왕은 알을 가져다가 어미에게 보내고 기르도록 한 거야.

마침내 알이 열리고 한 사내아이가 나왔어.

아이는 한 달이 못 되어 말을 시작했다고 해.

어느 날 아이가 어머니에게 이렇게 말했대.

"파리들이 눈을 물어 잠을 잘 수가 없으니, 어머니는 나
를 위하여 활과 화살을 만들어 주세요."

유화 부인은 갈대로 활과 화살을 만들어 주었지.

상서롭다 기쁘고 좋은 일
이 일어날 것 같다.

주몽 신화 **59**

아이가 그것으로 물레 위의 파리를 쏘면 파리가 모두 맞아 떨어졌대.

부여에서는 활 잘 쏘는 사람을 '주몽'이라고 했기 때문에, 아이는 주몽이라고 불리게 됐어.

주몽은 자라나서 재능이 매우 뛰어났다는데, 금와왕의 일곱 아들들과 함께 어울려 사냥을 다녔대. 그런데 왕자와 사십 명이 넘는 하인들이 겨우 사슴 한 마리를 잡을 때 주몽은 혼자 많은 사슴을 쏘아 잡았다는 거야.

왕자는 질투심이 나서 주몽을 잡아 나무에 매어 놓고 사슴을 빼앗아 가 버렸다는군.

그렇지만 주몽은 나무를 뽑아서 돌아왔대.

어느 날 태자 대소(帶素)가 왕에게 말했어.

"주몽은 신비로운 힘이 있고 눈길이 남다르니 일찍 처치하지 않는다면 반드시 훗날 근심이 있을 것입니다."

왕은 주몽에게 말을 기르게 하면서 그 뜻을 시험해 보고자 했지.

주몽은 괴로워하며 어머니께 말했어.

"나는 하늘님의 자손인데 다른 사람을 위해서 말을 먹이고 있으니, 이는 죽느니만 못합니다. 남쪽 땅으로 가서 국가를 세우고자 하나 어머니가 계시기에 감히 마음대로 못합니다."

유화 부인은,

"나도 밤낮으로 고민하였다. 내가 듣기로, 먼길을 떠나는 사람은 모름지기 좋은 말을 가려야 한다고 했으니, 내가 말을 골라 주마."

초등필수 단어장

물레 솜이나 털 같은 것에서 실을 뽑는 재래식 기구

하고 마굿간으로 주몽을 데려갔어.

그리고 긴 말채찍으로 마구 쳤더니 말들이 모두 놀라서 뛰어가는데 그 중 누런 말이 두 길이나 되는 난간을 뛰어넘는 거야.

주몽은 그 말이 준마란 걸 알고 몰래 말의 혀 끝에 바늘을 찔러 놓았 대. 말은 혀가 아파서 물과 풀을 먹지 못하고 야위어 갔어.

왕은 여러 말들이 살찐 것을 보고 매우 기뻐하면서 비쩍 마른 말을 주몽에게 주었어. ☆ 금와왕이 아무것도 모르고 주몽에게 가장 좋은 말을 내주고 있다.

주몽은 그 후 바늘을 뽑고 말을 잘 먹여 길렀지.

드디어 주몽이 궁궐을 떠날 날이 다가왔어.

주몽을 따르는 자는 셋이 있었는데 이들의 이름은 오이(烏伊), 마리 (摩離), 협보(陜父)였다고 해. ☆ 개사수는 압록강 동북쪽에 있는 작은 강이다. 주몽 일행이 동부여를 떠나 남쪽으로 내려가고 있다.

그들은 남쪽으로 말을 달려 개사수에 이르렀어.

그러나 물을 건널 배가 없었어. 쫓아오는 병사들이 곧 들이닥칠 텐데 말이지.

주몽은 채찍으로 하늘을 가리키며 탄식했어.

"나는 하늘님의 손자요, 하백의 외손자다. 지금 난을 피해 여기 이 르렀으니, 하늘과 땅의 신들은 나를 불쌍히 여겨 급히 배 다리를 놓아 주오."

주몽이 이렇게 말한 후 활을 들어서 물을 치자 물속의 고기와 자라들 이 떠올라 다리를 만들어 줬대.

주몽이 물을 건너고 곧 병사들이 쫓아왔어. 순간 물고기와 자라가 흩 어지면서 다리 위에 올라섰던 병사들은 모두 물속으로 빠져 버렸지.

주몽이 어머니와 이별할 때였어. 주몽이 어머니와 차마 떨어지지 못하자 유화 부인이,

"너는 어미의 염려는 하지 말아라."

하고 타이르며 오곡의 씨앗을 싸서 주몽에게 주었는데, 주몽은 이별하는 마음이 너무나 간절해서 그 중 보리 씨앗을 잃어버리고 만 거야.

그런데 주몽이 남쪽으로 내려가다 어느 날은 큰 나무 아래서 쉬고 있었는데 비둘기 한 쌍이 날아왔지.

"이것은 신어머니께서 보리씨를 보내는 것이다."

주몽은 이렇게 생각하고 비둘기를 향해 활을 쐈어.

한 화살에 두 마리 비둘기가 함께 잡혔대.

주몽은 비둘기 목구멍에서 보리씨를 꺼내고 나서 비둘기에게 물을 뿜었어. 그러자 비둘기는 신기하게도 다시 살아나서 날아갔어.

주몽은 이렇게 하여 오곡의 씨앗을 모두 얻고, 스스로 띠 자리 위에 앉아 임금과 신하의 위계를 정하고 나라를 세운 거야.

☆ 나라를 세우는 데 기반이 되는 모든 것을 얻고 스스로 나라의 질서를 확립해 왕이 되는 주몽. 이 나라가 바로 고구려이다.

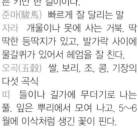

주변국과의 싸움

어느 날 비류국의 왕 송양(松讓)이 사냥을 나왔다가 주몽 왕을 보게 되었는데, 그 용모가 뛰어난 것을 보고 놀랐지.

송양은,

"바닷가 구석진 곳에 있어 일찌기 군자를 보지 못

초등 필수 단어장

길 길이를 나타내는 말. 한 길은 어른 키만 한 길이이다.
준마(駿馬) 빠르게 잘 달리는 말
자라 개울이나 못에 사는 거북. 딱딱한 등딱지가 있고, 발가락 사이에 물갈퀴가 있어서 헤엄을 잘 친다.
오곡(五穀) 쌀, 보리, 조, 콩, 기장의 다섯 곡식
띠 들이나 길가에 무더기로 나는 풀. 잎은 뿌리에서 모여 나고, 5~6월에 이삭처럼 생긴 꽃이 핀다.
위계(位階) 벼슬의 품계
군자(君子) 덕이 높고 어진 사람

하다가 오늘날 그대를 만나 보니 참으로 다행한 일이로다. 그대는 어떤 사람이며 어디에서 왔는가?"

하고 물었대. 주몽 왕이 대답했어.

"나는 하늘님의 손자이며, 이 나라의 왕이다. 감히 묻겠는데, 군왕은 누구를 계승한 왕이오?"

"나는 신선의 후예로, 여러 대 왕 노릇을 해 왔다. 이 땅이 매우 좁아 두 왕이 있는 것은 어려우니, 나라를 세운 지 얼마 안 된 그대가 나의 속국이 되는 것이 옳지 않겠는가?"

그러자 주몽 왕은 이렇게 말했어.

"나는 하늘님을 계승한 자이고, 당신은 신의 자손이 아니면서 억지로 왕이라고 하니, 만약 나에게 들어오지 않는다면 하늘이 반드시 화를 내릴 것이다."

송양은 속으로 의심하면서 그 재주를 시험해 보기로 했지.

"함께 활쏘기를 해 보자."

송양은 사슴을 그려서 백 보 안에 놓고 활을 쐈어.

화살이 사슴의 배꼽에 들어가지 못했는데도 그는 힘에 겨워 했지.

그런데 주몽이 백 보 밖에 옥가락지를 걸고 활을 쏘자, 옥가락지가 기와가 깨지듯 부서져 버린 거야.

송양은 크게 놀랐어.

그 후 주몽이 신하들을 불러서 말했어.

"나라를 세우고 아직 고각의 위엄이 없으니, 비류국의 사자가 오가는데 짐이 그들을 왕의 예로 받지 못한

알고 나면 더 재밌어요!

다른 부족국가와의 싸움
주몽은 졸본으로 내려와 나라를 세웠는데, 그 곳에는 이미 작은 부족국가들이 존재했다. 주몽은 이들 주변 부족국가들과 세력을 다투어 큰 나라로 통합해 갔다.

다. 이것이 그들이 나를 가볍게 보는 까닭이다.”

그러자 신하 부분노(扶芬奴)가 나와서 말했어.

“신이 대왕을 위하여 비류국의 북을 가져오겠습니다.”

“다른 나라가 감추어 둔 물건을 네가 어떻게 가져오겠느냐?”

그러자 부분노가 대답했어.

“이것은 하늘이 준 물건인데 어찌 취하지 못하겠습니까? 대왕이 부여에서 어려움에 처해 있을 때 대왕이 여기에 이를 줄 그 누가 알았겠습니까? 이제 대왕이 만 번 죽을 위태로움에서 몸을 빼내어 이 곳에 이름을 드날리니, 이것은 하늘님이 명한 일입니다. 무슨 일이든지 이루지 못할 것이 없습니다.”

부분노는 다른 두 사람과 함께 비류국으로 숨어 들어가 고각을 훔쳐 왔어.

주몽은 고각에 어둡게 색을 칠해 오래된 것처럼 보이게 했지. 그러자 송양은 자기 것이라고 따질 수가 없었어.

그리고 주몽 왕은 썩은 나무로 기둥을 세워 궁궐을 지었어. 그러니 궁궐은 마치 천 년은 된 것처럼 보였겠지.

송양이 와서 보고 결국 누가 먼저 도읍을 세웠는지 따지지 못하게 되었대.

☆ 그 지역에서 큰 세력을 가지고 있던 송양이 주몽의 실력과 지혜 앞에 굴복하는 과정을 그리고 있다. 후에 송양은 주몽과 사돈 사이가 된다.

하루는 주몽 왕이 서쪽으로 사냥을 가서 흰 사슴을 잡았어.

주몽 왕은 사슴을 거꾸로 매달고 주술을 부리면서,

“하늘이 비를 내려 비류국의 수도를 물에 잠기게

초등필수
단어장

속국(屬國) 다른 나라의 지배를 받는 나라
보(步) 걸음을 세는 말
고각(鼓角) 옛날에 군대를 호령할 때 쓰던 북과 나발

하지 않는다면 나는 결코 너를 놓아주지 않을 것이다. 이 어려움에서 벗어나려면 네가 하늘에 호소해라."

그러자 사슴이 슬피 울었는데 그 소리가 하늘에 사무쳤어.

그 후 칠 일 동안 장맛비가 내리고 송양의 도읍이 모두 떠내려갔대.

주몽 왕이 갈대 새끼줄을 가로질러 늘이고, 압마를 타고 성으로 들어가자 백성들이 모두 그 줄에 매달렸다고 해. ⭐ 鴨馬, '오리 말'이라는 뜻으로 신비로운 동물이다.

그리고 주몽 왕이 채찍을 휘둘러서 물을 긋자 성 안의 물이 모두 빠져나갔어.

이리하여 유월에는 송양이 주몽 왕에게 항복하며 나라를 바쳤고, 칠월에는 검은 구름이 골짜기를 덮었어.

산속에서 수천 명의 사람 소리와 나무 베는 소리가 들려왔는데 아무도 그 속을 볼 수는 없었대.

주몽 왕이 말했어.

"하늘이 나를 위해 성을 쌓는다."

과연 칠 일 만에 구름과 안개가 스스로 걷히면서 성곽과 궁궐이 모습을 나타냈지.

왕은 하늘에 절하고 궁궐로 들어갔어. 그리고 나이 사십이 되었을 때 하늘로 올라가 다시는 내려오지 않았대.

태자 유리는 왕이 남긴 옥 채찍으로 용산(龍山)에 장사를 지냈단다.

⭐ 주몽은 신의 세계로 돌아간다. 그는 신적인 존재이기 때문에, 죽음이 아닌 하늘로 올라가는 것으로 끝을 맺고 있다.

66

유리의 이야기

유리는 어려서부터 뛰어난 기질이 있었대.

새를 쏘아 잡는 것으로 업을 삼더니, 하루는 어느 부인이 이고 가는 물동이를 보고 쏘아 깨뜨렸지 뭐야.

그 여자는 화가 나서 마구 욕을 했어.

"아비도 없는 아이가 내 동이를 쏘아 깨뜨리는구나."

유리는 부끄러웠어. 그래서 진흙을 쏘아 동이의 구멍을 막고 다시 전처럼 만들어 놓은 후에 집으로 돌아왔어.

유리는 어머니께 물었어.

"나의 아버지는 누구예요?"

어머니는 유리의 나이가 어리니까 웃으면서 장난을 친 거야.

"너에게는 정해진 아버지가 없노라."

유리는 울음을 터뜨려 버렸어.

"사람이 정해진 아버지가 없다면 장차 무슨 얼굴로 다른 사람들을 보겠어요?"

어머니는 놀라서 급히 유리를 달래면서 말했대.

"그저 장난이었다. 너의 아버지는 하늘님의 손자이고 하백의 외손자이시니라. 부여의 신하로 있음을 원망하고 남쪽 땅으로 도망가서 나라를 세우셨단다. 너는 이제 아버지를 찾아가서 뵙지 않겠느냐?"

유리는 망설였어.

"아버지는 다른 사람의 임금이 되었는데 아들은 다른 사람의 신하가 되니, 아버지 뵙기가 부끄럽습니다."

그러자 어머니가,

"너의 아버지가 떠날 때 이런 말을 남기셨단다. '내가 일곱 고개 일곱 골짜기 돌 위 소나무에 어떤 물건을 감춰 두었다. 이것을 갖고 오는 자가 나의 아들이다.'라고. 이제 네가 그것을 찾아 보아라."

유리는 산골짜기로 다니면서 그 물건을 찾았는데, 그런 것은 어디에도 없었어.

유리는 지쳐서 집으로 돌아왔어.

그런데 그 때 집 기둥에서 슬픈 소리가 나는 거야. 유리는 그 곳을 가만히 바라봤어.

돌 위에 소나무 기둥을 세웠고 일곱 모로 깎여 있었지.

유리는 곰곰이 생각해 봤어.

'일곱 고개 일곱 골은 일곱 모를 이르는 것이고, 돌 위의 소나무는 이 기둥을 말하는 것이 아닐까?'

유리가 기둥 주위를 뒤져 보니까 그 위에 구멍이 하나 있었던 거야. 그리고 그 속에 부러진 칼이 들어 있었어.

유리는 기뻐하며 곧바로 고구려로 달려가 주몽 왕에게 칼 조각을 바쳤어.

주몽은 가지고 있던 칼 한 조각을 꺼내 맞춰 보았지.

그러자 두 조각이 피를 흘리며 이어져 하나의 칼이 된 거야!

"네가 실로 나의 아들이라면 어떤 신성함이 있

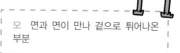

모 면과 면이 만나 겉으로 튀어나온 부분

는가?"

주몽 왕이 묻자 유리는 몸을 들어 공중으로 솟으며 창을 타고 곧장

해까지 닿았대. ☆ 주몽의 아들인 유리도 신비로운 능력을 가졌다.

주몽은 크게 기뻐하며 유리를 태자로 삼았어.

알고 나면
더 재밌어요!

📖 주몽의 뒤를 이은 유리왕
유리는 아버지를 찾아 고구려로 와서 곧바로 태자로 책봉되었으며, 그 해에 주몽
이 사망하자 왕위에 올랐다. 유리왕은 송양의 딸을 왕비로 맞았으며, 부여의 침략
을 막아 내고 고구려의 기틀을 다졌다.

짧은 글 짓기

1 구혼

2 상서롭다

3 물레

4 길(길이를 나타내는 말)

5 오곡

이해력을 길러요

1 이 신화를 통해 알 수 있는 것들을 정리해 봅시다.

- 주몽은 누구의 자손인가요?

- 주몽은 어디서 태어나 어디로 떠났나요?

- 주몽이 나라를 세우기까지 어떤 어려움이 있었나요?

- 주몽이 세운 나라의 이름은 무엇인가요?

- 주몽의 뒤를 이은 왕은 누구인가요?

2 책과 인터넷을 통해 여러분 스스로 고구려의 역사를 조사하여 써 보세요.

사고력을 길러요

1 다음은 '주몽 신화'와 우리나라의 다른 건국 신화들을 비교한 것입니다. 공통점이 무엇인지 찾아 빈 칸을 채워 보세요.

주몽 신화	다른 신화	공통점
주몽은 하늘에서 내려온 해모수와 강신의 딸 유화의 아들이다.	단군은 하늘에서 내려온 환웅의 아들이다.	이들은 □의 자손이다.
주몽은 알에서 태어났다.	박혁거세는 알에서 태어났다.	이들은 보통 사람들과 달리 신비롭게 탄생했다.
주몽은 물고기 다리로 강을 건너고, 활 쏘는 재주로 송양을 물리치는 등 여러 어려움을 극복했다.	수로왕은 변신술로 신라 왕을 물리쳤다.	이들은 자신에게 닥친 커다란 고난을 신비로운 힘으로 극복했다.
주몽은 고구려를 세우고 왕이 되었다.	단군은 고조선을 건국했다. 박혁거세는 신라를 건국했다. 수로왕은 가야를 건국했다.	이들은 승리하여 자신의 □□를 세웠다.

논리력을 길러요

1 건국 신화가 당시에 어떠한 역할을 했을지 생각해 봅시다. 고구려를 건국한 이들은 주변 국가들에게 이 건국 신화를 들려주며 무엇을 주장하고 싶었을까요?

2 주몽이 하늘님의 자손이라고 했을 때 고구려 백성들은 자부심을 느꼈을 것입니다. 그런 자긍심이 사람들을 하나로 묶는 데 어떤 도움이 되었을지 생각해 봅시다.

배비장전

작자미상

줄거리를 읽어 봐요

　　배 비장은 제주도 사또의 비장으로 임명되어 함께 제주도로 가게 되었습니다. 배 비장은 그 곳에서 기생과 헤어지며 체면을 던져 버리는 한 양반을 보고 비웃습니다. 그리고 자신은 무슨 일이 있어도 양반의 위신을 지킬 수 있다고 장담하지요. 방자는 그런 배 비장에게 내기를 하자고 합니다. 그리고 제주도와 많은 관리들, 기생 애랑과 함께 배 비장을 유혹에 빠뜨릴 꾀를 냅니다. 아무것도 모르고 방자의 꾀에 넘어간 배 비장은 벌거벗은 채 궤짝으로 들어가는 신세가 됩니다. 양반의 채신을 호언장담하던 배 비장은 사람들 앞에서 웃음거리가 되고 맙니다.

이것만은 꼭 알고 가자!!

　'배비장전(裵裨將傳)'은 본래 판소리로 불리던 '배비장타령'이 소설로 옮겨진 것입니다. 그 시기는 조선 후기이며 작자는 알려지지 않았습니다.

　'배비장전'은 판소리에서 나온 것이기 때문에 그 문체에 판소리의 흔적이 남아 있습니다. 읽다 보면 글 속에서 흥겨운 가락이 느껴질 것입니다.

　그리고 그 내용이 풍자적이고 해학적입니다. 양반을 은근히 비꼬고 있으며, 그런 비판을 점잖기보다는 우스꽝스럽게 하며 웃음이 터져나오는 장면들을 보여 주지요. 이것은 조선 시대 서민 문학의 특징입니다.

　이 소설 속에서 방자는 배 비장의 위선을 폭로하는 인물입니다. 양반과 대비되는 이러한 인물이 등장하여 일반 백성들이 평소 하고 싶었던 말을 대신해 주는 것도 당시 서민들이 즐겼던 판소리나 가면극에 흔히 보이는 특징입니다.

배비장전

남녀를 막론하고 사람의 씨는 다 같겠지만, 사람마다 잘나고 못남이 있다. 남자 중에는 현인과 군자가 있는 반면 어리석은 자도 있고, 여자 중에는 열녀가 있는 반면 음란한 이도 있다.

이러한 인간들이 없어지는 일 없이 대대로 이어 오니, 예나 지금이나 알 수 없는 것이 형형색색 사람의 성질이라는 것이다.

사람의 성질은 살고 있는 고장 산천이 지닌 풍치와 경치를 많이 닮는다. 산 좋고 물 맑은 고장 사람은 성질이 순후하고 공손하고 부지런하며 악한 기질이 별로 없고, 산천이 험준한 지방 사람은 그대로 사람의 성질이 어리석고 둔하며 간사하고 교활하게 나는 법이다.

제주 한라산은 남녘땅 제일의 명산이다. 그 험준하고 아름다운 정기가 서려 기생 애랑이 생겨났는지도 모른다. 애랑은 비록 기생으로 태어났을망정

초등필수 단어장

현인(賢人) 성품이 어질고 사리에 밝은 사람
열녀(烈女) 절개가 굳은 여자
형형색색(形形色色) 갖가지 생김새와 빛깔
풍치(風致) 아름다운 경치
순후하다 온순하고 인정이 두텁다.

부임(赴任) 어떤 일을 맡아서 일할 곳으로 가는 것
구관(舊官) 먼저 재임하였던 벼슬아치

그 맵시와 지혜가 누구보다 빼어나고, 간교한 꾀는 구미호가 환생한 듯했다.

서울의 옛 이름 한양에 김경이라는 양반이 있었다. 문필과 재능이 비범하여 스물 전에 장원 급제하고 제주 사또로 임명받았다.

그는 서강에 사는 배 선달을 불러 예방 비장으로 삼고 제주도 부임 길을 따르게 했다.

예방(禮房) : 조선 시대 각 지방 관아에서 예법과 학문을 맡아보던 부서

비장(裨將) : 조선 시대에 지방 장관을 따라다니며 일을 돕던 관리

배 비장은 팔도강산 좋은 경치를 안 가 본 곳이 없었으나, 제주는 육지에서 멀리 떨어진 섬이라 아직 구경을 못 하고 있던 터에 자연 기쁘지 않을 수 없었다.

그 좋아하는 모양을 보고 아내가 주의를 주었다.

"제주라는 곳이 비록 육지에서 멀리 떨어진 섬이긴 하나 아름다운 여자가 많은 곳이라 합니다. 그 곳에 계시다가 만약 유혹에 빠져 돌아오지 못하신다면 부모님께 불효가 되고 아내의 신세를 망칠 것입니다."

그러자 배 비장은 펄쩍 뛰며,

"그건 염려 마오. 명심하고 절대로 유혹에 빠지는 일이 없도록 하겠소."

그렇게 배 비장은 사또 김경을 따라 제주로 떠났다.

제주성에 다다라 배를 내려 사방을 둘러보니 제주에서 제일 경치 좋은 망월루였다.

그 위에서는 청춘 남녀 한 쌍이 서로 잡고 이별이 안타까워 한숨 쉬고 눈물짓고 있었다. 구관 사또가 신임하던 정 비장이 기생 애랑과 애타게 이별하는 장면이었다.

정 비장이 애랑의 손을 잡고 말하기를,

"잘 있거라, 나는 간다. 이별이야, 이별이야, 애닯고나, 이별이야! 애랑아, 부디 잘 있거라!"

다음은 애랑의 거동이다. 없는 슬픔을 짜내어 고운 얼굴에 웃는 듯 찡그리는 듯 길게 한숨지며 하는 말이,

"여보, 들어 보시오. 나으리가 계시는 동안은 걱정 없이 세월을 보냈건만, 이제 누구를 의지해 살아가라고 이렇게 하루아침에 떠나간단 말이오?"

"그대는 염려 마라. 내 올라가더라도 한동안 먹고 쓰기에 넉넉할 만큼 볏섬을 풀어 주고 갈 터이니."

정 비장은 창고지기에게 분부하여 볏섬을 풀어 애랑에게 주었다. 그뿐 아니다. 그 밖에도 애랑에게 준 갖가지 재물들은 헤아릴 수 없을 만큼 많았다.

이에 애랑은 눈물을 이리저리 씻으면서 흐느끼는 소리로,

"주신 물건은 천금이라도 귀하지 않소. 백 년을 맺은 기약이 한판의 부질없는 꿈이 되니 그것만이 애달플 뿐. 나리가 소녀를 버리고 가시면 소녀 같은 보잘것없는 첩이야 다시 생각이나 하시겠소? 애고, 애고, 슬퍼라."

정 비장은 완전히 마음을 빼앗기고 만다.

"네 말을 들으니 정이 간절하구나. 내 몸에 지닌 노리개를 네 마음대로 다 달라고 해라."

"여보, 나으리, 들으시오. 갓두루마기 소녀에게 벗어 주고 가시면 나

으리님 가신 후에 그 갓두루마기 한 자락은 펴서 깔고 또 한 자락은 흠 썩 덮고 두 소매는 착착 접어 베개 삼아 베고 싶소."

정 비장은 양 가죽 갓두루마기를 훨훨 벗어 애랑에게 주었다.

"이 옷을 깔고 덮고 베고 잘 때 부디 나를 잊지 마라."

애랑이 또 말하기를,

"나으리님 들으시오. 나으리 가신 후 겨울이 와서 추운 바람 불 때 귀 시려 어찌 살겠소? 나으리 쓰신 돼지 껍질 **휘양**을 소녀에게 벗어 주 면 두 귀에 덥석 눌러 쓰고 땀을 흘릴 테니 그 아니 다정하겠소?"

말이 떨어지기 무섭게 정 비장은 휘양을 벗어 애랑에게 준다.

"손으로 겉을 만지며 입으로 털을 불며 쓰면 **엄동설한** 추위라도 네 귀 시리지 않을 것이다. 이 휘양 쓸 때마다 부디 나를 잊지 마라."

애랑이 앉아 울면서 또 하는 말이,

"여보, 나으리, 들으시오. 나으리 입으신 **숙주창의** 소녀에게 벗어 주 고 가오."

그러자 정 비장이 말하였다.

"여자 옷을 달란다면 괴이할 게 없겠지만, 남자 옷이야 네게 쓸 데가 없지 않느냐?"

"에그, 남의 슬픈 사정 그리도 모르신단 말이 오? 나으리의 상하 의복 입고 밖에 나가 이리저리 거닐다 한없이 슬픈 마음 임 생각 절로 날 때 빈 방에 홀로 앉아 이 옷 매만지면 이별 낭군은 가고 없어도 일천 시름 일만 근심 풀어질 것이니, 그 아

거동(擧動) 몸을 움직임
볏섬 벼를 담는 짚 자루
천금(千金) 많은 돈이나 비싼 값. 또는 아주 소중한 것을 빗대어 이르는 말.
기약(旣約) 이미 해 놓은 약속
노리개 여자들이 한복 저고리 고름이나 치마허리에 멋으로 차는 물건
갓두루마기 갓과 두루마기를 아울러 이르는 말
휘양 추울 때 머리에 쓰던 모자의 하나. 남바위와 비슷하나 뒤가 훨씬 길고 볼끼를 달아 목덜미와 뺨까지 싸게 만들었는데 볼끼는 뒤로 젖혀 매기도 하였다.
엄동설한(嚴冬雪寒) 아주 추운 겨울
숙주창의(熟紬氅衣) 명주 천으로 만든 창의. '창의'는 옛날에 벼슬아치가 입던 소매가 넓고 뒤트임이 있는 웃옷이다.

니 다정하겠소?"

정 비장이 크게 현혹되어 옷을 모두 훨훨 벗어 주니 애랑은 그 옷을 받아 놓고 또 말하였다.

"여보, 나으리, 들어 보시오. 나으리 입고 계신 고의적삼 소녀에게 벗어 주면 착착 접어 두었다가 임 생각에 잠 못 이룰 때 안고 자리다."

그까짓 고의적삼쯤이 문제랴. 통가죽이라도 벗어 줄 판이었다.

정 비장은 고의적삼마저 벗어 애랑에게 주고, 정 비장이 아니라 알비장이 되었다. ☆ 겉옷부터 하나씩 벗겨 내 결국 알몸이 된 정 비장의 모습이 매우 해학적이다.

그러니 밑을 가릴 방법이 없었다. 할 수 없이 그는 방자를 불렀다.

"가는 새끼 두 발만 들여오너라."

정 비장은 그것으로 샅에 차고서 눈을 두리번거리며,

"어허, 매우 춥구나. 바다의 섬 속이라서 매우 차구나."

그러나 애랑이 또 청하였다.

"나으리, 들어 보시오. 옷은 그만 벗어 주고, 나으리 상투를 좀 베어 주신다면 소녀의 머리와 함께 땋으려오. 그렇게 한다면 그 아니 다정하겠소?"

그 말을 듣고 정 비장은 말하였다.

"정리는 비록 그렇다만, 너는 나더러 까까중이 되란 말이냐?"

"나으리, 내 말 좀 들어 보시오. 나리가 아무리 다정하다 하나 소녀의 뜻만 못하니 애달프고 원통하오. 그건 그렇고, 창가에 마주 앉아 나를 보고 당싯당싯 웃으시던 그 앞니 하나 빼 주시오."

애랑이 이러고 통곡을 하니, 이런 애랑의 모양을 보고 정 비장은 어

이가 없어,

"이젠 부모가 주신 몸까지 헐라고 하니, 그건 어디다 쓰려고 그러느냐?"

애랑이 대답하였다.

"앞니 하나 빼 주시면 손수건에 싸고 싸서 백옥함에 넣어 두고, 눈에 **암암한** 임의 얼굴 보고프고 귀에 쟁쟁한 임 목소리 듣고플 때 종종 꺼내 보고 슬픔을 이기며, 소녀 죽은 후에라도 관에 넣어 가면 한 몸 **합장**이 되지 않겠습니까? 그 아니 다정하겠소!"

정 비장은 크게 현혹되어 **공방**의 창고지기를 부르는 것이었다.

"**장도리**와 집게를 대령하라."

"예, 대령했습니다."

"너는 이를 얼마나 빼 보았느냐?"

"예, 많이는 못 빼 보았으나, 서너 말은 빼 보았습죠."

"이 놈, 제주 이는 죄다 망친 놈이로구나. 다른 이는 상하지 않게 앞니 한 개만 쑥 빼어라."

"소인이 이 빼기에는 **이골**이 났으니 어렵하겠습니까?"

그러더니 작은 집게로 빼면 쑥 빠질 것을 커다란 집게로 잡고서는 한없이 어르다가 느닷없이 코를 탁 치는 것이었다.

정 비장은 코를 잔뜩 움켜쥐고 소리를 쳤다.

고의적삼 여름에 입는 홑바지와 저고리
방자(房子) 조선 시대에 지방 관청에서 심부름하던 남자 하인
샅 두 넓적다리 사이
정리(情理) 인정과 도리를 아울러 이르는 말
암암하다 기억에 남은 것이 눈앞에 아른거리는 듯하다.
합장(合葬) 여러 사람의 시체를 한 무덤에 묻는 것. 흔히 남편과 아내를 함께 묻는 것을 이른다.
공방(工房) 조선 시대 각 지방 관아에서 공예, 건축 일을 맡아보던 부서
장도리 한쪽은 뭉뚝하여 못을 박는 데 쓰고, 다른 한쪽은 넓적하고 둘로 갈라져 있어 못을 빼는 데 쓰는 연장
이골 어떤 일을 지겨울 만큼 거듭해 아주 익숙해지는 것

"어허, 봉변이로군. 이 놈, 너더러 이를 빼랬지 코 빼라고 하더냐?"

공방 창고지기가 대답하였다.

"울려 쑥 빠지게 하느라고 코를 좀 쳤소."

정 비장이 탄식하였다.

"이 빼라고 한 게 내 잘못이다."

이러고 있을 즈음이다. 방자가 급히 뛰어 들어오며,

"사또가 배에 오르시니 어서 가십시오."

정 비장은 할 수 없이 일어섰다.

"노 젓는 소리 한 마디에 배 떠난다 재촉을 하니 이제 그만 떠날 수밖에 없구나."

애랑은 정 비장의 손을 잡고 발을 구르며 탄식하였다.

"나를 두고 어디로 가시오. 하루 천 리 가는 저 배에 임은 나를 싣고 가시오. 살아서 다시 못 볼 임, 죽어서 환생하여 다시 볼까? 낭군은 죽어 학이 되고 첩은 죽어 구름 되어 첩첩한 흰 구름 속 가는 곳마다 정답게 놀아 볼까."

이에 정 비장은 말하였다.

"너는 죽어 높은 집에 거울 되고 나는 죽어 동방에 해가 되어 서로 얼굴을 비춰 보자."

이렇게 이들이 작별할 때였다. 신관 사또의 앞장을 서던 배 비장이 이 모양을 잠깐 보고는 방자를 불러 물었다.

"저 건너편 길 위에서 청춘 남녀가 서로 잡고 못 떠나고 있으니 무슨 일이냐?"

초등필수
단어장

동방(東方) 동쪽
신관(新官) 새로 부임한 관리

"기생 애랑이와 구관 사또를 모시고 있던 정 비장이 작별하고 있습니다."

배 비장은 그 말을 듣고 비웃으며 말하였다.

"허랑한 장부로구나. 부모 친척과 떨어져 천 리 밖에 와서 아녀자에게 현혹하여 저러니 체면이 꼴이 아니다."

방자 놈은 코웃음을 쳤다.

"남의 말씀 쉽게 하지 맙쇼. 나으리도 애랑의 아름다운 얼굴을 보시면 흠뻑 빠지시고 말 테니."

배 비장은 잔뜩 허세를 부리면서 방자를 꾸짖었다.

"이 놈, 양반의 높은 절개를 어찌 알고 경솔히 말을 하느냐?"

그러나 방자는 물러서지 않고,

"그러면 황송하오나 소인과 내기를 하십시다."

"무슨 내기를 하자느냐?"

"나으리께서 한양으로 올라가기 전에 저 기생에게 한눈을 팔지 않으신다면, 소인의 많은 식구가 댁에 가서 드난밥을 먹겠습니다. 그러나 만일 저 기생에게 반하신다면 타고 다니는 말을 저에게 주십시오."

이에 배 비장은 대답하였다.

"그래라. 말 값이 천금이 된다 할지라도 내기하고서 너를 속이겠느냐?"

두 사람이 한참 이렇게 수작하고 있을 때 구관 사또는 물러가고 새 사또가 부임하였다.

모두가 정해진 처소로 돌아갔을 때는 이미 해는 지고 동쪽에 달이 뜨며 맑은 바람이 불어왔다.

모든 비장들이 기생들과 들어가니 방마다 노랫소리, **비파** 소리 달밤에 퍼져 나가고 처량한 느낌을 자아내는 것이었다.

배 비장은 심사가 울적하여 남들처럼 놀고 싶었으나 이미 정한 내기가 있었다. 장부의 한 마디 말은 천금의 무게가 있다 하였으니 어찌 마음을 바꾸어 먹을 수 있겠는가.

여러 동료 비장들이 배 비장에게 함께 놀기를 권해도 배 비장은 거절하고 방자에게 일렀다.

"네 만일 내 눈앞에 기생을 데려왔다가는 엄한 매를 맞을 것이다."

이 소리를 사또가 들으셨다.

사또는 자리의 기생들을 모두 불러,

"너희 가운데 배 비장의 마음을 빼앗을 사람이 있다면 후한 상을 줄 것이니, 그렇게 할 이가 있겠느냐?"

그 가운데서 애랑이 나섰다. ☆ 바로 정 비장과 애달프게 이별하던 그 기생이다.

"소녀가 사또의 분부대로 하겠습니다."

사또가 말하였다.

"네 만약 배 비장의 절개를 꺾을 수 있는 재주가 있다면 기생 중에 으뜸이 되리라."

애랑이 말을 받았다.

"지금은 좋은 봄철이니 내일 한라산에서 꽃놀이를 하십시오. 그러면 꾀를 내어 배 비장을 홀려

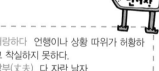

허랑하다 언행이나 상황 따위가 허황하고 착실하지 못하다.
장부(丈夫) 다 자란 남자
드난밥 남의 집 행랑에서 지내며 그 집의 일을 도와 주면서 얻어먹는 밥
수작하다 서로 말을 주고받다.
비파(琵琶) 둥글고 긴 타원형 몸체에 짧은 자루가 달린 동양의 현악기

보겠나이다."

사또는 비장들과 의논하고 새벽녘에 한라산으로 꽃놀이를 떠났다.

산속으로 들어가니 온갖 꽃들이 다투듯 피어 있고 온갖 새들이 지저 귀어 마치 아름다운 풍악을 갖춘 듯했다.

사또와 여러 비장이 기생들과 어울려 술을 마시며 춘흥에 겨워 놀 때 배 비장은 저 혼자 깨끗하고 고고한 척 소나무 아래서 외면하고 앉아 남의 노는 것을 비웃으며 글을 읊고 있었다.

그러다 우연히 숲속을 바라보니 한 미인이 어릴락 비칠락 어여쁜 몸짓으로 봄빛을 희롱하고 있는 것이 아니냐. ☆ 이 미인이 누구일까 생각해 보자.

그리고 물에 풍덩 뛰어들어 물장구 치고 온갖 장난을 하며 목욕을 즐기는 것이었다.

배 비장은 그 거동을 보자 어깨가 들먹거려지고 정신이 흐릿해졌다.

춘흥(春興) 봄철에 절로 일어나는 흥과 운치

드디어 하루해가 저무니 사또는 관으로
돌아가려고 길을 재촉하였다. 그리하여 모든 비장들
과 기생들, 그리고 하인들도 일제히 길을 떠날
때였다.

배 비장은 딴마음을 먹고 꾀병으
로 배 앓는 체를 하였다.

"벌써 혹하였구나."

비장들은 눈치채고 수군거리
며 겉으로만 인사를 하였다.

"배 비장께서는 침이나
한 대 맞으시오."

"아니오. 천만에요. 병이 아니니 조금 진정하면 나을 것이오."

비장들은 웃음을 참고 방자를 불러 일렀다.

"너희 나리 병환은 대단치 않다 하니 진정되거든 잘 모시고 오도록 해라."

그러고는 배 비장에게 말하였다.

"이대로 사또께 잘 말씀을 드릴 테니 마음놓고 진정한 후에 오시오."

사람들이 떠나자 배 비장은 급히 방자를 불렀다.

"애, 방자야! 애고, 배야!"

"예?"

"나는 여기에 온 후 눈앞이 몽롱해서 지척을 분간 못 하겠다. 애고, 배야. 애고, 배야."

"소인도 나으리께서 애를 쓰시는 것을 보니 정신이 없습니다."

"우리 사또 가시는 걸 자세히 보아라."

"저기 내려가십니다."

"애고, 배야! 또 보아라."

"산모퉁이를 지났습니다."

"애고, 배야! 또 보아라."

"저기 아득히 가십니다."

"난 배가 아프기를 그만두었다."

배 비장은 목욕하던 여자를 다시 훔쳐보려고 골짜기의 꽃과 풀 사이 좁은 길로 몸을 숨겨 가만가만 들어갔다. 그리고 가느다란 소리로 방자를 부르는데, 방자 대답하는 말에 공대는 점점 없어지고 만다.

"예, 어째서 부르오?" ☆ 공대란 상대에게 높임말을 쓰는 것이다. 배 비장의 우스운 행동에 방자도 점점 양반 대접을 하지 않게 되는 것이다.

"너 저 거동을 좀 보아라."

88

지척(咫尺) 아주 가까운 거리

"저기 무엇이 있소?"

"애야, 요란하게 굴지 마라. 조용히 보자꾸나."

백만 가지 교태를 다 부리며 놀고 있는 그 거동은 금도 같고 옥도 같았다.

배 비장은 드디어 이렇게 말하였다.

"금이냐, 옥이냐?"

★ 중국의 강인 금사강(金沙江)의 옛 이름

"저 물이 여수가 아니거늘 금이 어찌 놀고 있겠소?"

"그러면 옥이냐?"

★ 중국의 유명한 산

"이곳이 형산이 아니거늘 어찌 옥이 있겠소?"

"금도 옥도 아니라면 꽃이냐, 매화란 말이냐?"

"눈 속이 아니거늘 어찌 매화가 피겠소?"

"그럼 해당화가 틀림없구나."

"명사십리가 아니거늘 어찌 해당화가 있겠소?"

"그러면 국화란 말이냐?"

★ 明沙十里, 곱고 부드러운 모래가 끝없이 펼쳐진 바닷가를 이르는 말. 이런 해변 모래밭에서 해당화가 잘 자란다.

"국화도 아니오."

"꽃이 아니면 양귀비란 말이냐?"

"화청지가 아니거늘 어찌 양귀비가 목욕을 하겠소? 나으리, 도대체

★ 양귀비의 궁궐이 있었던, 중국의 유명한 온천

뭘 보고 그러시오? 소인의 눈엔 아무것도 안 보입니다만."

"이 놈아! 저기 저기 저 건너에서 목욕하는 것을 못 본단 말이냐?"

"예! 소인은 나으리께서 무엇을 보고 그러시나 했지요. 저 건너 목욕하는 여인을 말씀하시나 보군요. 그렇지요?"

"옳다. 너도 이젠 보았단 말이구나. 상놈의 눈이라 양반의 눈보다는

많이 무디구나."

☆방자는 반상을 들먹이는 배 비장에게
양반이 상놈보다 못하다며 비꼬고 있다.

"예, 눈은 반상이 다르니까 소인의 눈이 나리의 눈보다는 무디어 저런 예에 어긋나는 것은 안 보입니다요. 그러나 마음도 반상이 달라, 나으리 마음은 소인보다 컴컴하고 음탐하여 남녀의 도리도 모르고 규중처녀가 목욕하는 것을 보고 눈을 쏘아 구경을 한단 말씀이시구려. 요새 서울 양반들 양반 자세를 하고 계집이라면 체면도 없이 욕심을 낼 데 안 낼 데 분간을 하지 못하고 함부로 덤비다가 봉변도 많이 당합니다."

"뭐라고? 이 놈이?"

"남의 집 처자 목욕하는 것 구경하다 여인의 친척들에게 들켰다간 혼만 날 것이니, 그만 보시오."

무안을 당한 배 비장이 하는 말이었다.

"다시는 안 본다. 그러나 그것을 보면 정신이 헛갈려 아무리 안 보려고 해도 지남철에 날바늘 달라붙듯 눈이 자꾸 그리로만 가니 어쩐단 말이냐?"

방자가 배 비장을 보고 있다가 소리쳤다.

"저 눈!"

"안 본다."

배 비장은 이렇게 말하면서도 그 눈은 여인에게로만 가는 것이었다.

배 비장은 이윽고 꾀를 내어 방자를 불렀다.

"저 경치가 참으로 좋구나. 서쪽을 살펴보아라. 저 불 같은 일몰의 경치가 아름답지 않으냐. 그리고 동쪽을 보아라. 약수 삼천 리에 봄빛이 아득한데 한 쌍의 파랑새가 날아든다. 남쪽을 또 보아라. 망망대해

☆미인을 마음껏 보기 위해 방자의
눈을 다른 곳으로 돌리려는 속셈이다.

90

의 천리 파도에 대붕이 날다가 지쳐서 앉아 있다."

방자는 짐짓 속는 체하고 배 비장이 가리키는 대로 살펴본다. 배 비장은 그 동안 여인을 보기에 바쁜 것이었다.

배 비장이 여인을 한참 바라볼 때 방자가 말하였다.

"저 눈이 일을 낼 눈이로군."

배 비장은 깜짝 놀라서 두 손으로 눈을 가리며 어쩔 줄을 몰랐다.

"난 안 본다. 염려 마라."

이 때 방자는 갑자기 기침을 한 번 하였다.

그러자 여인은 깜짝 놀라는 체하고 몸을 웅크리며 후다닥 물 밖으로 뛰어나와 숲속으로 얼른 뛰어 들어가는 것이었다.

그 모습은 구름 속으로 들어가는 보름밤 밝은 달 같았다.

배 비장은 그것을 보고 멍하니 정신을 잃고 앉았다가 스스로 탄식하며 꾸짖는 것이었다.

"이 놈, 네 기침 한 번이 낭패로다. 고얀 놈 같으니라고!"

산에서 내려와 침소로 돌아온 배 비장은 그 여인을 잊지 못해 상사병으로 신음했다.

"한라산 맑은 정기를 제가 모두 타고나서 그리도 곱게 생겼는가? 잊을 수가 없으니 한이로다. 애고, 애고, 이 일을 어찌할꼬?"

배 비장은 이윽고 굳은 결심을 하고야 말았다.

"에라! 죽더라도 말이나 한번 건네 보고 죽으리라.

반상(班常) 양반과 평민을 아울러 이르는 말
규중(閨中) 부녀자가 거처하는 곳
지남철(指南鐵) 쇠붙이를 끌어당기는 힘이 있는 물체. 자석.
날바늘 실을 꿰지 않은 바늘
일몰(日沒) 해가 짐
약수(弱水) 신선이 살았다는 중국 서쪽의 전설 속의 강
대붕(大鵬) 매우 크고 하루에 구만 리를 날아간다고 하는 상상 속의 새
침소(寢所) 잠자는 곳

배비장전 **91**

애야, 방자야!"

"예, 부르셨습니까?"

"어서 이리로 좀 오너라. 나는 죽을병이 들었구나!"

"무슨 병이 드셨기에 그처럼 신음하십니까? 패독산이나 두어 첩 드셔 보십시오."

"아니다, 패독산이나 먹고 나을 병이 아니다."

"그러면 망령병이 드셨나 보구려. 망령병에는 어떤 약보다 당약이 제일이랍니다."

"그게 무슨 약이란 말이냐?"

"홍두깨를 삶은 것을 당약이라고 합니다. 젊은 양반 망령엔 당약이 제일입니다."

"아니다, 내 병엔 따로 약이 있다. 하지만 그걸 얻기가 어렵구나."

"그 무슨 약이기에 그렇게 어렵다는 말씀이십니까? 하늘에 있는 별이라도 따려면 딸 수 있지 않겠습니까?"

"방자야! 그 말만 들어도 속이 시원해지는구나. 그렇다면 내가 살고 죽고는 방자 네 손에 달렸다. 네가 날 좀 살려 다오."

"아따, 나으리도, 죽긴 누가 죽습니까? 말씀이나 하시구려."

"오냐, 오냐, 방자야. 어제 한라산 수포동 푸른 숲속에서 목욕하던 여인을 보지 않았느냐? 그 여인으로 하여 병을 얻었다. 이거 죽을 지경이로구나. 네가 그 여자를 좀 볼 수 있게 해 주려무나."

"그렇습니까? 그러나 그 여인은 규중에 있으니 만나 볼 길이 없습니다."

배 비장은 방자를 잡고서 애걸하다시피 하였다.

"얘야! 될지 안 될지 편지를 써 줄 테니 전해 보아라. 일만 잘 되면 구전으로 삼백 냥을 주마! 방자야, 어떠냐?"

"나으리께서 정 그러시다면 편지를 써 주십시오."

"일이 잘 되고 못 되는 것은 네 수단에 달렸으니 부디 눈치 있게 잘 해라."

방자는 배 비장에게 편지를 받아 애랑에게 전하였다.

'낭자를 한 번 본 후 상사의 괴로움으로 깊은 병이 들었소. 내가 죽고 사는 것은 낭자의 손에 매었으니 모쪼록 이 마음을 알아 주시오.'

애랑이 편지를 다 읽고 나자 방자는 애랑에게 말하였다.

"답장을 하되 허투로 하지 말고 애가 타게 해라."

방자가 애랑의 답장을 받아 주니 배 비장은 애랑의 편지를 두 손으로 받아 성현의 가르침이라도 읽듯이 읽어 내려가다가,

'미친 소리 말고 마음을 바로잡고 물러가라.'

한 대목에 이르자 깜짝 놀라고 말았다.

"애고, 이 일을 어찌할꼬? 섬 속의 원통한 귀신 되었구나."

곁에서 방자가 채근하였다.

"여보, 나으리, 상심 마시고 그 아래를 더 읽어 보시오."

배 비장은 다시 보아 가다가,

"옳지."

하고 무릎을 쳤다.

'그러나 장부의 중한 몸으로 나로 인하여 병을

얻었다 하시니 어찌 가엾지 않겠습니까? 나는 규중 여인의 몸으로 출입을 마음대로 할 수 없어 만나기 어려우니, 달이 진 깊은 밤에 벽헌당을 찾아와 몰래 안으로 들어오신다면 한 베개를 베고 자려니와 만약 실수하신다면 그 몸이 위태합니다. 만약 오시려거든 집안이 번거롭고 닭과 개가 많으니 북쪽 창 쪽으로 살살 가볍게 걸어오십시오.'

배 비장의 눈은 휘둥그레졌다. 그렇게도 못 견디게 정신이 몽롱하고 온 몸이 쑤시던 병도 감쪽같이 나았다.

기다리던 밤이 되자 배 비장은 정장을 갖춰 입고 서둘러 길을 나섰다. 그런데 방자가 이를 보고 참견하고 나서는 것이었다.

"나으리, 소견 없소. 밤중에 여인을 찾아가며 비단옷을 입고 가시다가는 곧 들켜 버릴 것입니다. 그 의관을 모두 벗으시오."

"벗다니? 초라하지 않겠느냐?"

"초라하게 생각이 드시면 가지 마십시오."

"얘야! 요란스럽게 굴지 마라. 내 벗으마."

배 비장은 방자의 말을 따라 의관을 훨훨 벗어 버리고 덜덜 떨며,

"얘야, 알몸으로 어찌하란 말이냐?"

"그게 좋습니다. 누가 보면 한라산 매 사냥꾼으로 알겠습니다. 제주 복색으로 차림을 차리시오."

"제주 복색은 어떤 것이냐?"

"개 가죽 두루마기에 노벙거지로 차리십시오."

"얘야! 그건 너무 초라하지 않겠느냐?"

"초라하게 생각이 들거들랑 가지 마십시오."

"아니다, 방자야. 네가 하라면 개 가죽이 아니라 돼지 가죽이라도 뒤집어쓰마."

배 비장은 개 가죽 두루마기에 노벙거지로 차렸다.

"얘야, 범이 보면 개로 알겠다. 총 한 자루만 꺼내어 들고 가자! 그러는 게 안전하지 않겠느냐?"

"그렇게도 겁이 나고 무섭거든 차라리 가지 마오."

"얘야! 네 정성이 그런 줄 몰랐구나. 네가 못 갈 것 같으면 내가 업고라도 가마! 어서 가자, 방자야!"

높은 담의 구멍 찾아 방자가 먼저 기어 들어가고,

"쉬! 나리, 잘못하다가는 큰일 날 것이니 두 발을 한 데 모아 요령껏 들이미시오."

배 비장이 두 발을 모아 들이밀자 방자 놈이 안에서 배 비장의 두 발목을 모아 쥐고 힘껏 당기니 부른 배가 걸려서 들어가지도 못하고 뒤로 빠지지도 못하였다.

배 비장은 두 눈을 흡뜨고 바드득 이를 갈았다.

"얘야, 조금만 놓아 다오."

방자가 다리를 탁 놓자 배 비장은 곤두박질하고는 다시 일어나 앉으며 하는 말이,

"매사가 순리로 되지 않으니 낭패로구나. 산모의 해산법을 말하더라도 아이를 머리부터 낳아야 순산이라 한다. 그러니 상투를 먼저 들이밀마. 너

는 이 상투를 잘 잡고 안으로 끌어들여라."

방자 놈은 배 비장의 상투를 노벙거지째 와락 잡아당겼다.

한동안의 실랑이 끝에 드디어 펑 하고 들어가자 방자는,

"불을 켠 방으로 들어가서 욕심대로 얼른 놀다가 날이 새기 전에 나오십시오."

하고는 몸을 숨기고 배 비장의 거동을 엿보는 것이었다.

가만가만 자취 없이 들어가서 문 앞에 서서 손가락에 침을 발라 문구멍을 뚫고 한 눈으로 안을 들여다본 배 비장은 정신이 아찔하였다. 등불 밑에 앉은 여인의 태도가 천상의 선녀를 보는 듯하였기 때문이다.

여인이 배 비장의 기척을 듣고 문을 활짝 열어젖히면서 소리쳤다.

"도둑이야!"

배 비장은 겁에 질려 몸을 부들부들 떨면서 겨우 말하였다.

"문안드리오."

"범을 그리려다 강아지를 그린 그림이로군. 아마도 뉘 집 미친 개가 길을 잘못 들어왔나 보다."

여인은 배 비장의 꼴을 보다가 이렇게 말하고는 나뭇조각으로 배 비장을 한 번 쳤다. 그러자 배 비장이 말하였다.

"나는 개가 아니오."

"그러면 뭐냐?"

"배가요."

여인은 배 비장의 꼴을 보고 웃고 내려와 손목을 잡고,

"이 밤에 웬일이오?"

하고 들어가 정담을 나눈 뒤에 옷을 벗고 불을 막 끄고 나니 방자 놈이 고함을 친다.

"불 켜 놓고 문 열어라!"

여인이 깜짝 놀라는 체하고 몸을 떨며 당황할 때 방자 놈의 지어낸 음성이 다시 떨어졌다.

"요기롭고 고얀 년, 어느 놈과 두런거리고 있느냐? 이 놈들을 한 주먹에 뼈를 부수어 박살내리라."

배 비장은 혼비백산하여 허둥거렸으나 외문 집이 되어 놓으니 도망할 수도 없었다.

할 수 없이 알몸으로 이불을 쓰고 여인에게 물었다.

"저 자가 남편이오? 성품이 어떻소?" 도척은 중국 춘추 시대의 유명한 악인이며, 항우는 중국 역사상 가장 용맹하기로 이름난 장수이다.

"성품이 매우 표독합니다. 미련하기로는 도척이요, 기운은 항우요, 술을 좋아하고 화가 나면 대낮에도 칼을 뽑아 들기를 예사로 합니다."

여인의 말을 들은 배 비장은 애걸복걸하면서 매달렸다.

"낭자, 나를 제발 살려 주게."

여인은 언제 장만해 두었던지 커다란 자루를 꺼내 가지고 와서는 아가리를 벌리면서,

"이리 들어가시오."

배 비장은 이상하게 여기고 겁에 질려 덜덜 떨리는 음성으로 물었다.

"거기엔 왜 들어가라는 거요?"

"들어가면 살 도리가 있으니 어서 들어가시오."

여인은 배 비장을 자루에 담은 후 자루끈을 모아 상투에 감아 매고 등잔 뒤 방구석에 세웠다.

이 때 방자 놈이 문을 왈칵 열고 성큼 들어서며 사방을 둘러보았다.

"저 방구석에 세워 놓은 것은 무엇이냐?"

"그건 알아서 무엇 하시겠어요?"

"이런 고얀! 내가 묻는데 대답을 할 것이지 무슨 말대꾸냐?"

"거문고에 새 줄을 달아 세워 놓은 것이에요."

그러자 방자 놈은 수그러진 음성으로,

"음! 거문고라면 좀 타 보자."

하고는 대꼬챙이로 배부른 등을 탁탁 쳤다.

아가리 병, 그릇, 자루에서 물건을 넣고 꺼내는 구멍
대꼬챙이 대나무로 만든 꼬챙이

그러니 배 비장은 참을 길이 없었다. 그러나 꿈틀거릴 수는 없는 일.

배 비장은 아픔을 꾹 참고 대꼬챙이로 때릴 때마다 자루 속에서,

"둥덩 둥덩."

하고 소리를 냈다.

"음! 그 놈의 거문고 소리가 매우 웅장하구나. 대현을 쳤으니 이제 소현을 쳐 봐야겠군."

이번은 코를 탁 쳤다.

"둥덩 둥덩."

"음! 그 놈의 거문고가 이상하다. 아래를 쳐도 위에서 소리가 나고, 위를 쳐도 위에서 소리가 나니. 이게 어떻게 된 놈의 거문고냐?"

여인이 대답하였다.

"이건 특수한 거문고라서 그렇답니다."

"그러냐? 술 한잔 내고 줄을 골라라. 오늘 밤 거문고를 타며 놀아 보자. 내 소피 보고 들어오마."

하고 방자는 문밖으로 나와서 가만히 귀를 기울이고 엿들었다.

자루 속에서 배 비장의 말소리가 들려왔다.

"여보시오, 그 자가 거문고를 내 볼 것 같으니 다른 데로 나를 옮겨 주오."

"이 곳으로 어서 들어가시오."

여인은 윗목에 놓인 피나무 궤를 열고 말하였다.

궤 속으로 들어간 배 비장은 몸을 옹송그리고 앉아서 생각하니 한심스러웠다. 그러나 그것이 모두 자기가 믿고 데리고 있는 방자의 꾀라는

☆ 궤짝 속에 궁상맞게 웅크리고 앉아 있으면
서 자신을 한심하게 느끼고 있는 배 비장

100

것을 어찌 알 것인가.

여인이 궤짝 뚜껑을 닫고 자물쇠를 덜커덕 채우니 이제는 함정에 든 범이요, 독 안에 든 쥐였다. 배 비장은 숨이 가빠져 왔다.

이 때 나갔던 사내가 다시 들어오면서 말하는 소리가 들려왔다.

"아까 눈이 저절로 감겨 잠깐 꿈을 꾸니 백발노인이 나를 불러, 네 집에 거문고와 피나무 궤가 있느냐고 묻기에 그렇다고 대답했지. 그랬더니 액신이 붙어서 장난을 하므로 패가망신할 징조라 하잖아. 저 궤를 불태워 버려라. 어서 짚 한 단을 가지고 가서 불을 놓아라!"

배 비장은 탄식하였다.

"이젠 불에 타 죽는 것인가? 이 일을 어찌한단 말이냐. 뛰쳐나가지도 못하고."

이 때 여인이 악을 썼다.

"조상 때부터 전해 내려온 업귀신이 들어 있는 업궤인데 그것을 불사르라니 안 될 말이오."

※ 업은 한 집안의 살림을 보호하거나 보살펴 준다는 동물이나 사람을 가리킨다. 여인은 자기 집 재물복이 이 궤에서 나온다고 말하는 것이다.

"뭐가 어쩌고 어째? 나는 너하고 못 살겠다. 나는 업궤를 가지고 나가겠다."

사내가 궤를 덜컥 어깨에 걸머지고 밖으로 나가려 하자 여인이 붙들고 늘어졌다.

"임자가 업궤를 가져가고 나는 망하란 말이오? 이 궤는 못 놓겠소."

"그렇다면 한 토막씩 나누어 갖자."

사내는 커다란 톱을 가지고 와서 궤짝 위에 올

초등필수 단어장

대현(大絃) 거문고의 셋째 줄의 이름. 가장 굵은 줄이다.
소피(所避) '오줌'을 완곡하게 이르는 말
피나무 높은 산에 자라는 잎지는나무. 꽃은 6~7월에 피고 열매는 9~10월에 익는다. 나무껍질로 그물, 밧줄, 바구니 등을 만든다.
궤(櫃) 물건을 넣도록 나무로 네모나게 만든 그릇
액신(厄神) 재앙을 가져온다는 나쁜 신
패가망신(敗家亡身) 재산을 다 써 없애고 신세를 망치는 것려놓고 말하였다.

"자, 어서 톱을 마주 잡고 당기자."

머리 위로 톱밥이 떨어지자 배 비장은 더 참지 못하고 소리를 질렀다.

"여보소! 미련도 하오! 그 여인에게 궤를 다 주구려. 토막을 내면 못 쓰게 되고 말지 않소?"

그러자 사내는 톱을 내던지며,

"아뿔사! 이 놈의 업귀신이 살아났으니 불침으로 찌르자."

불에 단 송곳이 배 비장의 왼편 눈으로 내려왔다.

일이 이 지경에 이르고 보니 궤 속의 배 비장은 비장한 결심을 하고서 악이라도 한번 써 보지 않을 수 없었다.

"여보, 아무리 무식하기로서니 눈의 소중함을 모른단 말이오?"

"에그! 귀신이 저 상할 줄 미리 알고 애걸하니 가엾구나. 그 몸 상하지 않도록 궤를 져다가 물에다 던져 버리자."

사내는 질빵을 걸어 궤짝을 지고 밖으로 나갔다.

얼마쯤 가는데 어디서 한 사람이 앞으로 나서며 물었다.

"그게 뭐냐?"

"업궤요."

"그 궤를 내게 팔아라."

방자는,

"그러시오."

하며 사내에게 궤짝을 건네주었다.

102

사내는 궤짝을 져다가 사또가 있는 동헌 마당에 놓고 물에 던지는 듯
이 말하며 궤 틈으로 물을 붓고 흔들었다.

"궤 속 귀신아, 너는 들어라! 이 파도에 띄울 테니 천리 길을 떠나
거라."

배 비장은 생각하였다.

'어허, 궤가 벌써 물에 떴나 보구나. 이젠 죽었구나.'

그런데 얼마 후에 들으니 "어기어차! 어기어차!" 하는 소리가 들려오
는 것이었다. 물론 사령들이 지어서 하는 배 젓는 소리였다.

배 비장은 소리를 질렀다.

"거기 가는 배는 어디로 가는 배요?"

"제주 배요."

"수고롭겠지만 이 궤를 실어다가 죽을 사람 살려 주오."

"궤 속에서 나는 그 소리가 이상하다. 우리 배에 부정 탈라! 상앗대
로 떠밀자."

배 비장이 다시 소리쳤다.

"난 사람이니 부디 살려 주오."

그들이 물었다.

"어디 사는 누구냐?"   ☆ 껄떡쇠는 먹을 것을 몹시 탐하는 사람
을 낮잡아 이르는 말이다. 자기 이름은
말 못하고 다른 이름을 대는데, 엉겁결
에 자기 자신이 어떤 사람인지 고백하
는 결과가 되었다.

"제주 사는 배 껄떡쇠요."

그러자,

"우리 배엔 부정 탈까 못 올리겠고 궤문이나 열어
줄 테니 헤엄을 쳐서 가라. 그런데 이 물은 짠물이라

질빵 짐을 질 수 있도록 연결한 줄
동헌(東軒) 옛날에 고을 수령이 업
무를 보던 건물
사령(使令) 조선 시대에 각 관아에
서 심부름하던 사람
상앗대 배를 몰 때 쓰는 긴 막대

댓돌 집에 드나들 때 밟고 올라서
는 넓적한 돌

눈에 들어가면 눈이 멀 테니 눈을 감고 가라.”

하며 자물쇠를 덜커덕 열어 놓자 배 비장은 알몸으로

쑥 나와서 두 눈을 잔뜩 감고 이를 악물고 와락 두 손을 짚으면서 허우

적거렸다.

　한참을 이 모양으로 헤엄쳐 가다가 동헌 댓돌에다가 대가리를 부딪

치니, 배 비장은 두 눈에서 불이 번쩍 나서 두 눈을 번쩍 떴다.

　자세히 살펴보니 동헌에 사또가 앉아 있고 전후좌우에 관리들과 기

생, 노비들이 늘어서서 웃음을 참느라고 두 손으로 입을 막고 있는 것

이었다.

　사또가 웃으면서 물었다.

　“자네, 그 꼴이 웬일인고?”

　배 비장은 어이가 없어 고개를 푹 수그렸다.

짧은 글 짓기

1 형형색색

2 엄동설한

3 암암하다

4 채근하다

5 흡뜨다

이해력을 길러요

1 다음은 배 비장을 함정에 빠뜨리는 인물들을 정리한 그림입니다. 빈 곳을 채워 보세요.

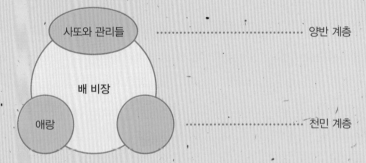

사또와 관리들 ·· 양반 계층

배 비장

애랑

·· 천민 계층

2 '배비장전'의 내용을 정리하며 다음 질문에 답해 봅시다.

• 서울에 살던 배 비장은 왜 제주도에 가게 되었나요?

• 배 비장은 제주도에 도착하여 어떤 광경을 보게 되었나요?

• 배 비장과 방자는 어떤 내기를 했나요?

• 그 내기에서 이긴 사람은 누구인가요?

• 배 비장은 어떤 인물인가요?

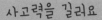

1 '배비장전'은 양반의 허위를 풍자하는 대표적인 고전 소설입니다. 풍자 소설에 대한 다음 질문에 답해 봅시다.

- 이 소설이 풍자하는 대상은 누구인가요? 그는 어떤 신분을 가진 사람인가요?
- 이렇게 간접적으로 대상을 비꼬며 비판하는 것은 어떤 효과가 있을까요?
- 이런 소설은 주로 어떤 계층의 사람들이 즐겨 읽었을까요?

2 풍자와 해학이 무엇인지 이해하기 위해 다음의 연습을 해 봅시다.

- TV 프로그램 '개그 콘서트'에서 다음과 같은 내용이 담긴 코너를 하나 찾아 봅시다.

우리 현실의 부조리한 일면을 보여주며 웃음을 유발한다.	
재치 있는 발상으로 보는 이들의 무릎을 치게 하고 너무 우스워서 배꼽을 잡고 웃게 한다.	
곰곰이 생각해 보면 그 안에 비판의식이 담겨 있어 더욱 공감하게 된다.	

- 이것이 '배비장전'과 어떤 비슷한 점이 있는지 생각해 봅시다.

- 이제 풍자와 해학이 어떤 것인지 짐작할 수 있나요? 그렇다면 다음의 빈 칸을 채워 봅시다.

(   )는 대상을 우스꽝스럽게 표현하며 우회적으로 비판하는 것이다.
(   )은 대상을 과장하거나 왜곡하면서 웃음을 유발하는 방식이다.

논리력을 길러요

1. 배 비장이 체통을 벗어 던지는 과정을 우스꽝스럽게 보여 주며 이 소설이 이야기하고자 하는 것은 무엇일까요?

2. 배 비장은 본래 판소리로 공연되었습니다. 다음은 이 판소리를 감상한 조선 시대 사람들의 대화 내용입니다. 여러분이 이 대화에 참여한다면 어떤 말을 하고 싶나요?

농사꾼 1	여보게, 요즘 장터에서 '배비장타령'이라는 새로운 판소리를 하고 있다는데 본 적 있나?
농사꾼 2	나는 벌써 봤지. 재미있던데. 한바탕 잘 웃었어.
농사꾼 1	그렇지? 재미있지? 배 비장 그 놈 아주 웃긴 놈이야.
농사꾼 3	양반들이 그렇지, 자기들이 별것 있어? 그러면서 자기들은 양반입네 하고 다니지.
농사꾼 2	하하, 그러게나 말이야. 그걸 보니 어찌나 속이 시원하던지!
농사꾼 1	거기 미래에서 왔다는 자네는 '배비장타령' 보았나? 자네가 보기에도 재미있던가? 그걸 보고 자네는 어떤 느낌이 들었는지 궁금하구먼. 한번 말해 보시게나.
나	

호질

박지원

교과서에도 있어요.

고등 문학 II [창비, 해냄, 비상교평]

줄거리를 읽어 봐요

호랑이가 오늘은 무엇을 먹을까 궁리합니다. 호랑이를 쫓아다니는 세 귀신 굴각, 이올, 육혼이 각각 먹을 것을 추천하지요. 굴각은 사람을 먹어 보라 하고, 이어서 이올이 의원과 무당을 추천합니다. 호랑이는 싫다고 합니다. 그러자 육혼이 유학자를 추천합니다. 호랑이는 그것도 탐탁지 않게 여깁니다. 어느 날 밤 명망 높은 유학자 북곽 선생이 열녀로 칭송받는 동리자의 집에서 도망 나오다가 똥 구덩이에 빠집니다. 간신히 구덩이를 빠져나온 북곽 선생 앞에 호랑이가 서 있습니다. 호랑이는 코를 쥐며 북곽 선생을 멀리합니다. 그리고 사람들이 입으로는 윤리 도덕을 논하면서 포악한 짓을 마구 행한다고 비난하며, 북곽 선생을 먹지 않고 그 자리를 떠나 버립니다.

이것만은
꼭 알고 가자!!

★ 虎: 범 호, 叱: 꾸짖을 질
  '범의 꾸짖음'

'호질(虎叱)'은 조선 후기의 실학자인 박지원이 한문으로 쓴 소설입니다. 인간에 대한 호랑이의 꾸짖음을 담은 소설이지요.

이 이야기는 호랑이가 무엇을 먹을까 찾는 것으로 시작됩니다. 본래 호랑이는 사람을 잡아먹기도 하지만 이 소설 속에서는 호랑이가 사람을 먹기 싫다고 합니다. 그 안에 더러운 것이 가득하여 소화가 안 될 거라는 것이지요.

그리고 이야기가 진행되며 사람들로부터 칭송받던 유학자 북곽 선생이 실제로 어떤 인물인지 밝혀집니다. 호랑이는 북곽 선생을 호되게 꾸짖습니다. 겉과 속이 다른 이중성, 서로를 해치는 포악함, 자연에 가하는 해악이 그 무섭다는 호랑이보다 더하다는 것입니다. 그리고 특히 윤리와 학문을 논하는 유학자, 즉 양반에 대해 강렬하게 비판하고 있습니다.

이는 당시 사회의 문제점을 깊이 인식하고 과감한 개혁을 주장했던 박지원이 소설이라는 형식 속에 자신의 생각을 드러낸 것입니다. 박지원은 이외에도 '양반전', '허생전'과 같이 사회 문제를 비판하는 소설들을 많이 남겼습니다.

호질

호랑이는 의롭고 성스러운 동물이다.

기운차고 날래며 용맹스럽고 사나워 그야말로 천하에 대적할 이가 없다. 사람들은 호랑이를 매우 무서워한다.

호랑이가 사람을 한 번 잡아먹으면 그 귀신이 '굴각'이 되어 호랑이의 겨드랑이에 붙어 살면서 호랑이를 남의 집 부엌에 인도한다.

부엌에 있는 솥을 핥으면 그 집 주인이 갑자기 시장기를 느껴 한밤중이라도 아내더러 밥을 지으라 하고, 그리하여 두 번째로 사람을 잡아먹는다.

그러면 이는 '이올'이란 귀신이 되어서 호랑이의 볼에 붙어 다니며 모든 것을 잘 살펴 준다. 만약 산골짜기에 이르러서 함정이 있으면 먼저 가서 위험이 없도록 치워 버린다.

호랑이가 세 번째로 사람을 잡아 먹으면 '육혼'이란 귀신이 되어서 호랑이의 턱에 붙어 살며 그가 평소에 잘 알던 친구의 이름을 불러 댄다.

어느 날 호랑이가 이 세 귀신을 불러 놓고 말했다.

"오늘도 곧 날이 저무는데 어디 가서 먹을 것을 구한단 말이냐?"

그러자 굴각이 대답했다.

"제가 미리 점쳐 보았더니 뿔 가진 짐승도 아니고 날짐승도 아닌데, 검은 머리를 가진 것이 눈 위에 발자국이 비틀비틀 성기고 뒤통수에 꼬리가 붙어 꽁무니를 감추지 못하는 그런 놈이 있습니다."

이어서 이올이 말했다.

☆ 뒤통수에 꼬리가 붙었다는 것은 상투 튼 머리를 말하는 것이다. 그렇다면 이 '검은 머리를 가진 것'은 무엇일까?

"동문에 먹을 것이 하나 있습니다. 그 놈의 이름은 의원이라고 합니다. 의원은 약초를 다루고 먹으니 그 고기도 별미인 줄로 압니다. 그리고 서문에도 먹음직스러운 것이 있는데 그것은 무당 계집입니다. 그 계집은 천지신명께 온갖 아양을 떨고 매일 목욕재계를 하여 깨끗하고 맛있지요. 의원과 무당 계집 둘 중에서 골라서 잡수시옵소서."

그러자 호랑이가 화를 내며 말했다.

☆ '의원 의(醫)'와 '의심할 의(疑)'가 뜻은 다르지만 음이 같은 것에 착안하여 의원은 의심스러운 자들이라고 비판한 것이다.

"도대체 의원이란 무엇인가? '의(醫)'란 '의(疑)'가 아니더냐? 저 자신도 의심스러운 것을 모든 사람에게 시험하여 해마다 남의 목숨을 끊어 놓는 것이 몇 만이 넘는다. 또 무당이란 것이 무엇이냐? '무(巫)'란 '무(誣)'라고 하지 않더냐? 결국 무당이란 공연히 뭇 귀신을 속이고 사람들에게 거짓말만 하고 있으니, 이로 인하여 터무니없이 목숨을 잃는 자가 해마다 수만이 되지 않느냐. 그래서 사람들의 노여움이 그들의 뼛속까지 스며들어 금잠이라는 벌레가 되어 득실거리고 있단 말이야. 그러한 독기가 있는 것을 어떻게 먹는단 말이냐."

☆ '무당 무(巫)'와 '속일 무(誣)'의 음이 같은 것을 이용해, 사람들을 속이는 무당을 비판하고 있는 것이다.

초등필수 단어장

성기다　이리저리 사이가 떠서 빈 데가 많다.
의원(醫員)　옛날에 '의사'를 이르던 말
별미(別味)　특별히 좋은 맛
목욕재계(沐浴齋戒)　부정 타지 않도록 깨끗이 목욕하고 몸가짐을 가다듬는 일

그러자 육혼이 말했다.

"저 숲속에 어떤 고기가 있사온데, 그는 인자한 염통과 의기로운 쓸개와 충성스러운 마음을 지니고 순결한 지조를 품었습니다. 악(樂)을 머리 위에 이고 예(禮)를 신처럼 꿰고 다닌답니다. 뿐만 아니라 그는 입으로 제자백가의 말을 외며 마음속으로는 만물의 이치를 통했사옵니다. 그의 이름은 '유학자'라 하옵니다. 등살이 오붓하고 몸집이 기름져서 매우 맛있다 하옵니다."

☆ '악'은 음악, '예'는 예법을 말한다. 이는 유학 사상의 실천 방법으로 중시 여기는 것들이다. 따라서 위의 구절은 '유학 사상을 공부하고 인격 수양을 했다'는 의미이다.

호랑이는 그제야 눈썹을 치켜세우고 침을 흘리며 하늘을 쳐다보고 씽긋 웃으면서 말했다.

"짐이 이를 좀 더 상세히 듣고자 하니 자세히 말하라."

그러자 모든 귀신들이 서로 다투어 가며 말했다.

"음양(陰陽)을 도(道)라 하는데 그 자가 이를 꿰뚫으며, 오행(五行)이 서로 얽혀서 낳고 육기(六氣)가 서로 이끌어 주는데, 그 자가 이를 조화시킨다고 합니다. 그러니 먹어서 맛이 있는 것이 이보다 더한 것이 없을 것입니다."

☆ 음양(陰陽), 오행(五行), 육기(六氣)는 동양 철학에서 세상 만물의 이치와 법칙을 설명하는 용어들이다.

호랑이는 문득 달갑지 않은 낯빛으로 대답했다.

"아니, 모두 허튼 소리야. 그 말을 들으니 그 고기가 잡되고 순하지 못할 것 같다. 게다가 딱딱해서 가슴에 체하거나 목구멍에서 구역질이 날 것이다."

한편 정나라 어느 고을에 벼슬을 탐탁하게 여기지 않는 학자가 살았는데, 그는 북곽 선생이라고 불렸다.

알고 나면 더 재밌어요!

다 먹기 싫어!

호랑이가 귀신들과 함께 먹을 것을 궁리한다. 세 귀신은 '의원'과 '무당'과 '유학자'를 추천하지만 호랑이는 모두 거부한다. 이런 재미 있는 설정 속에 실은 그들에 대한 비판의식을 담고 있는 것이다. 의원과 무당은 사람들을 현혹하여 큰 해를 끼치는 점을, 유학자는 허튼 논리로 세상을 어지럽힌다는 점을 비판하고 있다.

그는 나이 마흔에 손수 교정해 낸 책이 만 권이었고, 또 육경의 뜻을 부연해서 다시 저술한 책이 일만 오천 권이었다. 나라님은 그의 품행과 뜻을 가상히 여기고, 귀족들은 그를 존경했다.

그 고장 동쪽에는 동리자라는 아름다운 과부가 살고 있었다. 모두들 그의 절개를 가상히 여기고 현숙함을 사모하여, 나라에서 그 마을에 '과부 동리자의 마을'이라는 열녀문을 세워 주었다.

이처럼 동리자는 정절을 지키는 부인으로 알려졌지만, 실은 다섯 아들의 아버지가 모두 달랐다.

어느 날 밤 다섯 놈의 아들들이 서로 지껄이기를,

"강 건너 마을에서 닭이 울고 강 저편 하늘에 샛별이 반짝이는데, 방안에서 흘러나오는 말소리는 어찌도 그리 북곽 선생의 목청을 닮았을까?"

그리고 다섯 놈이 차례로 문틈으로 들여다보았다.

그러자 동리자가 북곽 선생에게,

"오랫동안 선생님의 덕을 사모했는데, 오늘 밤은 선생님의 글 읽는 소리를 듣고자 하옵니다."

하며 간청하고, 북곽 선생은 옷깃을 바로잡고 점잖게 앉아서 시를 읊는 것이 아닌가.

"원앙새는 병풍에 그려 있고, 반딧불 흐르는데 잠 못 이뤄라. 저기 저 가마솥, 세발솥은 무엇을 본떠서 만들었나. 얼씨구."

다섯 놈이 서로 소곤댔다.

원앙새는 남녀의 사랑을 상징하는 새이다. 명망 높은 북곽 선생이 점잖지 못한 시를 읊고 있는 모습으로 우스꽝스럽게 그려지고 있다. 가마솥, 세발솥은 각각 아버지가 다른 동리자의 아들들을 비유하고 있는 것이다.

초등필수
단어장

지조(志操) 뜻을 굽히지 않고 끝까지 지켜 나가는 의지
제자백가(諸子百家) 유가, 도가, 묵가, 법가 등의 여러 학파
오붓하다 옹골지고 포실하다.
교정(校訂) 다른 사람의 문장 또는 출판물의 잘못된 글자나 글귀 따위를 바르게 고침
육경(六經) 역경, 서경, 시경 등 중국 춘추 시대의 여섯 개 경서
열녀문(烈女門) 열녀의 행적을 기리기 위하여 세운 문

"북곽 선생과 같은 점잖은 어른이 과부의 방에 들어올 리가 있겠나? 우리 고을의 성문이 무너져서 여우 구멍이 생겼다고 하던데, 여우란 놈은 천 년을 묵으면 사람 모양으로 둔갑할 수 있다는군. 저건 틀림없이 그 여우란 놈이 북곽 선생으로 둔갑한 거야."

그들은 서로 의논했다.

"들으니 여우의 갓을 얻으면 큰 부자가 될 수 있고, 여우의 신발을 얻으면 대낮에 그림자를 감출 수 있고, 여우의 꼬리를 얻으면 애교를 잘 부려서 남의 꾐을 받을 수 있다더라. 우리 저 놈의 여우를 때려잡아서 나눠 갖도록 하자."

그리고 다섯 놈들이 방을 둘러싸고 우르르 쳐들어갔다.

북곽 선생은 크게 당황하여 도망쳤다.

사람들이 자기 얼굴을 알아볼까 봐 겁이 나서 모가지를 두 다리 사이로 들이박고 귀신처럼 춤추고 낄낄거리며 문을 나가 내달았다.

그러다가 그만 들판의 구덩이 속에 빠져 버렸다.

구덩이에는 똥이 가득 차 있었다.

간신히 기어올라 머리를 들고 바라보니 뜻밖에 호
랑이가 길목에 앉아 있었다.

호랑이는 북곽 선생을 보고는 오만상을 찌푸리고
구역질을 하며 코를 싸쥐고 외면했다.

"어허, 선비여! 더럽도다."

북곽 선생은 머리를 조아리고 호랑이 앞으로 기어
가서 세 번 절하고 꿇어앉아 우러러 아뢰었다.

"호랑님의 덕은 참으로 지극합니다. 군자는 그 변화를 본받고, 제왕
은 그 걸음을 배우며, 자식 된 자는 그 효성을 본받고, 장수는 그 위엄
을 취하며, 거룩하신 이름은 신령스러운 용의 짝이 되옵니다. 비천한
신은 감히 호랑님 아래 엎드리나이다."

호랑이는 북곽 선생을 여지없이 꾸짖었다. ☆ '선비 유(儒)'와 '아첨할 유(諛)'는 음이 같다. 호랑이
가 선비의 어떠한 점을 비판하는 것인지 짐작해 보자.

"내 앞에 가까이 오지 말아라. 내 들건대 '유(儒)'는 '유(諛)'라 하더니
과연 그렇구나. 네가 평소에 천하의 악명을 죄다 나에게 덮어씌우더니

'호질'의 풍자 대상은?
이 소설에서 특히 풍자의 대상이
되는 것은 점잖은 양반이다. 존경
받던 양반이 실제로 어떤 사람인
지 보여 주며 그 위선을 폭로하고
있다. 그런데 호랑이를 앞세워 그
비판을 대신 하게 한다. 우화 형식
을 취함으로써 더욱 신랄하게 비
판할 수 있고, 읽는 이들에게도 더
깊은 인상을 남길 수 있다.

초등필수
단어자

먹실 먹물을 묻히거나 칠한 실
초목(草木) 풀과 나무
광명정대(光明正大) 말이나 행
실이 떳떳하고 정당함
푸줏간 쇠고기나 돼지고기를
파는 가게

이제 사정이 급해지자 앞에서는 아첨을 떠는구나. 그것을 누가 곧이듣겠느냐?

천하의 원리는 하나뿐이다. 호랑이의 본성이 악한 것이라면 인간의 본성도 악할 것이요, 인간의 본성이 선한 것이라면 호랑이의 본성도 선할 것이다. 너희들은 언제나 인간이 지켜야 할 도리를 떠든다. 그런데 도회지에 돌아다니는 코 베이고, 발꿈치 잘리고, 얼굴에 낙인 찍힌 이들은 다 그 도리를 지키지 못한 자들이 → 죄를 지어 형벌을 받은 이들

아니냐? 포승줄과 먹실, 도끼, 톱, 형벌을 내리는 기구는 쉴 틈이 없는데 죄악을 중지시키지 못하는구나. 호랑이의 세계에는 본디부터 그런 형벌이 없으니 이로 보면 호랑이의 본성이 인간의 본성보다 어질지 않겠느냐? → 이 문단에서 호랑이가 하고 싶은 말을 정리해 보면? "인간들은 호랑이가 악하다고 하지만, 인간 세상에 범죄가 끊이지 않는 것을 보면 인간이 호랑이보다 더 어질다고 할 수 있겠느냐?"

호랑이는 초목을 먹지 않고, 벌레나 물고기를 먹지 않고, 술 같은 좋지 못한 음식을 좋아하지 않으며, 순종하고 굴복하는 하찮은 것들을 차마 잡아먹지 않는다. 산에 들어가면 노루나 사슴 따위를 사냥하고, 들로 나가면 말이나 소를 잡아먹되 먹기 위해 비굴해진다거나 음식 따위로 다투는 일이 없다. 호랑이의 도리가 어찌 **광명정대**하지 않은가.

범이 노루나 사슴을 잡아먹을 때는 사람들이 미워하지 않다가, 말이나 소를 잡아먹을 때는 사람들이 원수로 생각하는 것은 사람들에게 노루나 사슴은 공이 없고 소나 말은 공이 있기 때문이 아니냐? 그런데 너희들은 소나 말들이 태워 주고 일해 주는 공로와 따르고 충성하는 정성을 다 저버리고 날마다 푸줏간을 채워 뿔과 갈

이 문단에서 호랑이가 하려는 말은? "우리 호랑이는
제 먹을 것만 가려 먹지만, 너희들은 가축은 물론 들판
의 짐승까지 모두 잡아 가니 그 탐욕이 끝이 없구나."

기도 남기지 않고, 다시 우리의 노루와 사슴까지 빼앗아 산에도 들에도
먹을 것이 남아나지 않게 만든단 말이냐. 하늘이 정사를 공평하게 한다
면 너희가 죽어서 나의 밥이 되어야 하겠느냐, 그렇지 않겠느냐?

　제 것이 아닌데 취하는 것을 도둑질이라 하고, 생명을 빼앗고 물건
을 해치는 것을 도적질이라 한다. 너희가 밤낮으로 쏘다니며 팔을 걷
어붙이고 눈을 부릅뜨고 노략질하면서 부끄러운 줄도 모르고, 심한 놈
은 돈을 형님이라 부르고, 장수가 되기 위해서 제 아내를 살해하니, 다
시 윤리 도덕을 논할 수도 없다. 뿐만 아니라 메뚜기에게서 먹이를 빼
앗아 먹고, 누에에게서 옷을 빼앗아 입고, 벌을 막고 꿀을 따며, 심한
놈은 개미 새끼를 젓 담아서 조상에게 바치니 잔인무도한 것이 무엇이
너희보다 더하겠느냐? 너희가 이치를 말하고 본질을 논할 적에 걸핏
하면 하늘을 들먹이지만, 하늘이 낼 때는 본래 호랑이나 사람이나 다
같이 만물 중의 하나인 것이다. 천지가 만물을 낳은 어짊으로 논하자
면 범과 메뚜기, 누에, 벌, 개미, 사람이 다같이 땅에서 길러지는 것으
로 서로 해칠 수 없는 것이다. 그 선악을 분별해 보자면, 벌과 개미의
집을 공공연히 노략질하는 것은 홀로 천지간의 거대한 도둑이 되는 것
이 아닌가? 메뚜기와 누에의 밑천을 약탈하는 것은 윤리를 저버린 큰
도둑이 아니겠는가?

"너희들은 하늘의 이치를 들먹이면서도 자기 이익을 위해서는 너희와 똑같은
생명을 함부로 빼앗으니, 너희들이야말로 이 세상의 큰 도둑이 아니냐."

　호랑이가 표범을 잡아먹지 않는 것은 동류를 차마 그럴 수 없어서
이다. 그런데 호랑이가 노루와 사슴을 잡아먹은 것이 사람이 노루와
사슴을 잡아먹은 것만큼 많지 않으며, 호랑이가 사람을 잡아먹은 것
이 사람이 서로를 잡아먹은 것만큼 많지 않다. 지난해 관중이 크게 가

중국의 지역 이름

기원전에 중국이 여러 나라로 갈라져 전쟁이 끊이지 않았던 한 시기를 이룬다.

중국의 지역 이름

물자 백성들이 서로 잡아먹은 것이 수만이었고, 전해에는 산동에 홍수가 나자 백성들이 서로 잡아먹은 것이 수만이었다. 그러나 사람들이 서로 많이 잡아먹기로야 춘추 시대 같은 때가 있을까. 춘추 시대에 공덕을 세우기 위한 싸움이 열에 일곱이었고, 원수를 갚기 위한 싸움이 열에 셋이었는데, 그래서 흘린 피가 천 리에 물들었고 버려진 시체가 백만이나 되었더니라. 호랑이의 세계는 큰물과 가뭄의 걱정을 모르기 때문에 하늘을 원망하지 않고, 원수도 공덕도 다 잊어버리기 때문에 누구를 미워하지 않으며, 운명을 알아서 따르기 때문에 무당과 의원의 간사에 속지 않고, 타고난 그대로 천성을 다하기 때문에 세속의 이해에 병들지 않으니, 이것이 곧 호랑이가 덕이 있고 사리에 밝은 것이다.

사람들이 서로 죽인 이유가 자기 공을 세워 높은 자리를 얻거나 원수를 갚기 위한 것이었음을 이야기하며 인간의 잔인함을 비판하고 있다.

호랑이가 표범을~사리에 밝은 것이다.: "너희 사람들이 전쟁을 일으켜 서로를 죽이는 것을 보면 호랑이보다 훨씬 더 잔인하다. 우리는 하늘의 이치에 순응하기 때문에 서로를 미워하지 않는다."

우리 몸의 얼룩 무늬 한 점만 보더라도 족히 그 아름다움을 천하에 자랑할 수 있으며, 한 자 한 치의 칼날도 빌리지 않고 다만 발톱과 이빨의 날카로움을 가지고 용맹함을 떨치고 있다. 하루 한 번 사냥을 해서 까마귀나 솔개, 개미에게까지 대궁을 남겨 주니 어질기가 이루 말할 수 없고, 굶주린 자를 잡아먹지 않고 병든 자를 잡아먹지 않고 상복 입은 자를 잡아먹지 않으니 그 의로운 것이 이루 말할 수 없다. 불인하기 짝이 없다, 너희들이 먹이를 얻는 것은! 덫이나 함정을 놓는 것만으로 모자라서 새 그물, 노루 망, 큰 그물, 고기 그물, 수레 그물, 삼태 그물 따위의 온갖 그물을 만들어 냈으니, 처음 그

누에 누에나방의 애벌레. 네 번 탈바꿈한 뒤에 입에서 실을 토하여 고치를 짓는다. 안에서 번데기가 되었다가 다시 나방이 되어 나온다. 이 고치로 명주실을 만든다.
큰물 비가 많이 와서 강이나 개천에 갑자기 크게 불은 물
대궁 먹다가 그릇에 남긴 밥
상복(喪服) 상을 당한 사람이 입는 옷. 누런 삼베옷이나 흰 한복이다.
불인하다 어질지 못하다.
삼태 흙이나 거름을 담아 나르는 도구로 싸리, 칡, 짚, 새끼 등을 엮어서 만든다.

것을 만들어 낸 놈이야말로 세상에 가장 재앙을 끼친 자이다. 그 위에 또 가지각색의 창이며 칼에다 화포란 것이 있어서, 이것을 한 번 터뜨리면 소리는 산을 무너뜨리고 천지에 불꽃을 쏟아 벼락치는 것보다 무섭다.

"우리는 약한 자를 불쌍히 여겨 함부로 침범하지 않는다. 그러나 너희들은 온갖 도구를 만들어 생명을 빼앗고, 무기까지 만들어 내니 너희들의 그 재주가 오히려 세상에는 재앙이로다."

그래도 아직 잔학을 부린 것이 부족하여, 부드러운 털을 쪽 빨아서 아교에 붙여 붓이라는 뾰족한 물건을 만들어 냈으니, 그 모양은 대추씨 같고 길이는 한 치도 못 되는 것을 오징어의 시커먼 물에 적셔서 종횡으로 치고 찔러 대는데, 구불텅한 것은 세모창 같고, 예리한 것은 칼날 같고, 두 갈래 길이 진 것은 가지창 같고, 곧은 것은 화살 같고, 팽팽한 것은 활 같아서, 이 병기를 한번 휘두르면 온갖 귀신이 밤에 곡을 한다. 서로 잔혹하게 잡아먹기를 너희들보다 심히 하는 것이 어디 있겠느냐?"

붓을 무기에 빗대고 있다. 즉 학문이나 정치를 하는 이들이 휘두르는 힘이 창이나 칼보다 무섭게 사람을 해칠 수 있다는 뜻.

북곽 선생은 자리를 옮겨 엎드려서 머리를 새삼 조아리고 아뢰었다.

맹자와 그 제자들의 대화를 기록한 유교 경전

"맹자에 이르기를 '비록 악인이라도 목욕재계하면 하늘님을 섬길 수 있다.' 하였습니다. 비천한 신은 감히 호랑님 아래 엎드리나이다."

북곽 선생이 숨을 죽이고 명령을 기다렸으나 오랫동안 아무런 낌새가 없었다.

참으로 황공해서 절하고 조아리다가 머리를 들어 우러러보니, 이미 먼동이 터 주위가 밝아 오는데 호랑이는 간 곳이 없었다.

그 때 새벽 일찍 밭 갈러 나온 농부가 있었다.

"선생님, 이른 새벽에 들판에서 무슨 기도를 드리고 계십니까?"

그러자 북곽 선생은 엄숙하게 말했다.

"성현의 말씀에 '하늘이 높다 해도 머리를 아니 굽힐 수 없고, 땅이 두텁다 해도 조심스럽게 딛지 않을 수 없다.' 하셨느니라."

★ 농부 앞에서 다시 교양 있는 척하는 북곽 선생. 호랑이의 꾸짖음에도 뉘우치지 않고 위선적인 모습을 보이고 있다.

짧은 글 짓기

1 악명

2 광명정대

3 큰물

4 대궁

5 성현

이해력을 길러요

1 '호질'의 내용이 어떻게 전개되었는지 다음 그림을 보며 정리하여 말해 봅시다.

2 다음 구절에서 굴각이 가리키는 것은 무엇인가요?

"제가 미리 점쳐 보았더니 뿔 가진 짐승도 아니고 날짐승도 아닌데, 검은 머리를 가진 것이
눈 위에 발자국이 비틀비틀 성기고 뒤통수에 꼬리가 붙어 꽁무니를 감추지 못하는 그런 놈
이 있습니다."

3 호랑이는 귀신들이 추천한 사람들에 대해 어떤 말로 비판하며 거절하였나요?

의원	"저 자신도 의심스러운 것을 사람들에게 시험하여 목숨을 잃게 한다."
무당	
유학자	

사고력을 길러요

1 다음 구절에서 호랑이가 말하고자 하는 바가 무엇인지 알기 위해서는 '유(儒)'와 '유(諛)'의 뜻을 먼저 알아야 합니다. 한자 사전에서 두 글자의 뜻을 찾아 보고 다음 말의 의미를 해석해 보세요.

"내 듣건대 '유(儒)'는 '유(諛)'라 하더니 과연 그렇구나. 네가 평소에 천하의 악명을 죄다 나에게 덮어씌우더니 이제 사정이 급해지자 앞에서는 아첨을 떠는구나. 그것을 누가 곧이듣겠느냐?"

2 호랑이는 사람들의 여러 가지 면을 들며 비판하고 있습니다. 호랑이가 북곽 선생을 앞에 놓고 꾸짖는 대화 속에서 여러분이 가장 공감이 가는 것부터 세 가지를 적어 보세요.

3 다음 네모 안에 들어갈 말은 무엇일까요?

"그래도 아직 잔학을 부린 것이 부족하여, 부드러운 털을 쪽 빨아서 아교에 붙여 □이라는 뾰족한 물건을 만들어 냈으니, 그 모양은 대추씨 같고 길이는 한 치도 못 되는 것을 오징어의 시커먼 물에 적셔서 종횡으로 치고 찔러 대는데, 구불텅한 것은 세모창 같고, 예리한 것은 칼날 같고, 두 갈래 길이 진 것은 가지창 같고, 곧은 것은 화살 같고, 팽팽한 것은 활 같아서, 이 병기를 한번 휘두르면 온갖 귀신이 밤에 곡을 한다."

1 이 소설 '호질'에는 깊이 생각해 볼 문제들이 많습니다. 다음 구절들에 대해 여러분의 생각을 정리해 보고 공감하거나 반론하는 짧은 글을 써 보세요.

- 너희들은 소나 말들이 태워 주고 일해 주는 공로와 따르고 충성하는 정성을 다 저버리고 날마다 푸줏간을 채워 뿔과 갈기도 남기지 않고, 다시 우리의 노루와 사슴까지 빼앗아 산에도 들에도 먹을 것이 남아나지 않게 만든단 말이냐.

- 호랑이가 사람을 잡아먹은 것이 사람이 서로를 잡아먹은 것만큼 많지 않다. (…) 춘추 시대에 공덕을 세우기 위한 싸움이 열에 일곱이었고, 원수를 갚기 위한 싸움이 열에 셋이었는데, 그래서 흘린 피가 천 리에 물들었고, 버려진 시체가 백만이나 되었더니라. 호랑이의 세계는 (…) 원수도 공덕도 다 잊어버리기 때문에 누구를 미워하지 않으며…….

- 불인하기 짝이 없다, 너희들이 먹이를 얻는 것은! 덫이나 함정을 놓는 것만으로 모자라서 새그물, 노루 망, 큰 그물, 고기 그물, 수레 그물, 삼태 그물 따위의 온갖 그물을 만들어 냈으니. 처음 그것을 만들어 낸 놈이야말로 세상에 가장 재앙을 끼친 자이다. 그 위에 또 가지각색의 창이며 칼에다 화포란 것이 있어서, 이것을 한 번 터뜨리면 소리는 산을 무너뜨리고 천지에 불꽃을 쏟아 벼락치는 것보다 무섭다.

- 그래도 아직 잔학을 부린 것이 부족하여, 부드러운 털을 쪽 빨아서 아교에 붙여 붓이라는 뾰족한 물건을 만들어 냈으니, (…) 이 병기를 한번 휘두르면 온갖 귀신이 밤에 곡을 한다. 서로 잔혹하게 잡아먹기를 너희들보다 심히 하는 것이 어디 있겠느냐?

2 위의 문제에서 한 가지 주제를 골라서, 자신의 의견을 주장하는 논리적인 글을 한 편 완성해 보세요.

온달전

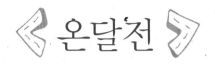

김부식

교과서에도 있어요.

고등 문학 II [지학사]

줄거리를 읽어 봐요

　고구려 평강왕의 공주는 어려서부터 자주 울었습니다. 평강왕은 공주가 울 때마다 바보 온달에게 시집보내야겠다고 말하곤 했습니다. 가난하고 못생긴 온달은 다 떨어진 옷을 입고 밥을 얻으러 다녀 바보 온달이라 불렸지요. 그러나 마음씨만은 고왔습니다. 공주가 열여섯 살이 되자 왕은 공주를 귀족에게 혼인시키려 했습니다. 그러나 공주는 부왕의 뜻을 따르지 않고 궁궐을 나와 온달과 혼인했습니다. 온달은 훌륭한 장군이 되어 나라에 큰 공을 세우게 되지요. 그러자 평강왕도 사위를 자랑스럽게 여기게 되었습니다. 그 후 온달은 또다시 죽기를 각오하고 전쟁터로 나갔다가 적군의 화살을 맞고 세상을 떠났습니다.

이것만은
꼭 알고 가자!!

　'온달전(溫達傳)'은 고구려의 실존 인물인 온달에 관한 전기입니다. 온달은 고구려 후기의 무신으로, 중국의 침략에 맞서 큰 공을 세웠으며 신라에 빼앗긴 영토를 되찾기 위해 싸우다가 전사하였습니다.

　초라한 출생이었으나 뜻밖에 공주를 배필로 맞이하고 나라를 구하는 영웅이 되기까지 그의 생애는 마치 한 편의 소설 같습니다. 또 아버지의 뜻을 거스르고 궁궐을 나가 자신의 길을 개척한 평강공주도 매우 매력적인 인물로 느껴지지요. 온달이 평강공주의 위로를 받고서야 떠나갔다는 이야기도 오래도록 가슴에 남습니다.

　온달과 평강공주가 기존의 사회 질서에 도전하여 성취하는 모습과, 그 안에 흐르는 용기 있는 사랑 이야기로 인해 이 짧은 전기는 지금까지도 많은 사랑을 받고 있습니다.

　'온달전'은 고려 시대에 김부식이 쓴 〈삼국사기〉 열전에 기록되어 있습니다.

온달전

온달은 고구려 평강왕 때의 사람이다.

그의 생김새는 못생기고 볼품없어 우스꽝스러웠으나 그 마음씨는 고왔다.

그는 집이 몹시 가난하여 언제나 밥을 얻어 모친을 봉양했고, 다 떨어진 옷과 낡은 신을 신고 거리를 돌아다녔다.

사람들은 그를 보고 '바보 온달'이라고 불렀다.

평강왕의 어린 딸이 울기를 잘하여 왕은 장난 삼아 이렇게 말하곤 했다.

"너는 항상 울어서 나의 귀를 시끄럽게 하니, 커서 귀족의 아내는 될 수 없고 바보 온달의 아내가 되어야겠다."

공주가 열여섯 살이 되어 상부 고씨에게 혼인 시키려 하자 공주가 말했다.

"아버님께서 항상 너는 온달의 아내가 되어야 한다고 하셨는데 지금은 어찌하여 말씀을 고치시옵니까? 필부도 거짓말을 아니하려 하는데 하물며 대왕께서 거짓을 말하시다니요. 그리하여 왕이 된 자는 농담을 하지 않는다고 하는 것이 아닙니까. 지금 부왕의 명은 잘못된 것이니 소녀는 감히 받들 수 없나이다."

한 나라의 국왕이 한 말을 지키지 않는 것은 옳지 않다며 자신의 생각을 똑똑히 밝히는 평강공주는 어떤 성격과 품성을 지닌 사람인지 생각해 보자.

왕은 화가 나서 말했다.

"너는 아비의 말을 따르지 않으니 내 딸이라 할 수 없다. 우리는 함께 살 수 없겠다. 너 가고 싶은 곳으로 가거라!"

공주는 값비싼 팔찌들을 팔목에 매고 궁궐을 떠나 홀로 걸었다.

공주는 길 위에서 온달의 집을 물어 찾아갔다.

공주가 눈 먼 늙은 모친 앞으로 다가가 절을 하고 아들이 있는 곳을 묻자 노모가 대답했다.

"내 아들은 매우 가난하고 못생겨 아가씨께서 가까이할 사람이 아니온데, 지금 그대의 음성을 듣고 냄새를 맡아 보니 평범치 아니하며, 손을 잡아 보니 솜처럼 부드럽습니다. 분명 천하의 귀인이오. 도대체 어느 댁 아가씨가 이 곳을 찾으셨는지요? 내 자식은 굶주림 때문에 **느릅나무** 껍질을 가져 오려고 산 속으로 들어갔습니다. 떠난 지 오래나 아직 돌아오지 않았습니다."

공주는 밖으로 나가 산 밑에 이르렀다.

온달이 느릅나무 껍질을 지고 오는 것이 보였다.

공주는 온달에게 다가가 마음에 품은 말을 꺼내 놓았다.

그러자 온달은 화를 내며,

"이는 어린 여인의 옳은 행실이 아니다. 분명 사람이 아니라 여우 귀신이리라. 내 곁으로 오지 말라!"

온달은 그렇게 말한 후 멀리 가 버렸다.

공주는 혼자 돌아와 싸리 대문 아래서 잠을 잤다.

그리고 다음 날 아침 다시 온달의 집으로 들어갔다.

모자에게 자세한 이야기를 하였으나 온달은 마음을 정하지 못하고 망설였다.

어머니가 말했다.

"내 자식은 볼품없는 사람이라 귀인의 배필이 되기에는 부족합니다. 또 우리 집은 너무나 누추하여 귀인이 살 곳이 못 됩니다."

공주가 말했다.

"옛 사람의 말에, 한 말의 곡식이라도 찧을 수 있고 한 자의 베라도 꿰맬 수 있다 하였습니다. 마음이 같을진데, 어찌 부귀한 후에야 함께 할 수 있단 말입니까?"

☆ 가난한 살림이라도 화목하게 살 수 있다는 뜻

공주는 팔찌를 팔아 밭과 집과 가축이며 물건들을 사서 필요한 살림을 갖추었다.

처음에 말을 사 오려 할 때 공주는 온달에게 일렀다.

"절대로 시장 장사꾼들에게서 사지 마시고, 나라에서 키우다가 병이 들고 야위어 내버린 것을 사 오도록 하세요."

온달은 공주의 말대로 하였다.

공주는 말을 부지런히 먹이고 보살펴 야위었던 말이 날로 살찌고 건강해졌다.

고구려에서는 삼월 삼일이면 해마다 낙랑 언덕에 모여 사냥을 하고 그 날 잡은 돼지와 사슴으로 하늘과 산

모자(母子) 어머니와 아들
베 실로 짜는 천을 두루 이르는 말
부귀하다 재산이 많고 지위가 높다.

천 신에게 제사를 지냈다.

그 날이 되면 왕도 친히 사냥을 나가고 모든 신하와 장수들이 그 뒤를 따랐다.

이 때 온달은 기르던 말을 타고 사냥터로 갔다.

온달의 말은 항상 앞서 달렸고 그가 사냥한 짐승도 많아서 다른 사람에 비할 바가 아니었다.

왕은 온달을 불러 이름을 물었다.

그가 바보 온달임을 알고 왕은 매우 놀랐다.

그 때 중국에서 고구려 땅을 침범해 오자 왕은 군사를 거느리고 나가서 배산 평원에서 적을 맞았다.

가장 앞에서 지휘한 장군은 온달이었다.

온달은 질풍같이 달려가 싸워서 적병 수십 명을 베었다. 군사들은 그 기세를 타 힘껏 싸워 크게 이겼다.

전쟁에서의 공을 이야기할 때 모두들 온달의 공이 제일 크다고 칭송하였다.

왕은 기뻐하며,

"그가 내 사위다."

하고 예를 갖추어 온달을 맞아들이고 벼슬을 주었다.

이로부터 왕의 총애는 더욱 두터워지고 위엄과 권세는 날로 커졌다.

세월이 흘러 평강왕의 뒤를 이어 영양왕이 즉위하였다.

온달이 대왕께 아뢰었다.

"신라가 우리의 한강 북쪽 땅을 침략하여 저희들의 땅으로 삼으니, 백성들이 원통해하며 부모 나라를 잊지 못하고 있습니다. 원하옵건대 대왕께서 신을 어리석다 하지 않고 군사를 내주신다면, 나가서 한 번 싸움으로 반드시 우리 땅을 찾아오겠습니다."

왕은 이를 허락하였다.

온달은 싸움터로 나가며 다짐했다.

"계립현과 죽령 서쪽 땅을 되찾지 못하면 돌아오지 않을 것이다."

온달은 아단성 아래에서 신라군과 맞서 싸우다가 날아든 화살에 맞아 죽고 말았다. ☆ 아차성이라고도 불리는 서울에 있는 성

장사를 지내려 하는데 관이 꿈쩍도 하지 않았다.

공주가 와서 관을 어루만지며,

"죽고 사는 것은 이미 정해졌으니 돌아가십시오."

134

하고 말하자 그제야 관이 움직여 땅에 묻을 수 있었다.

대왕이 이 소식을 듣고 매우 슬퍼하였다.

이해력을 길러요

1 평강공주와 온달의 성격과 인물됨이 어떠한지 정리하여 말해 봅시다.

	평강공주는 어떤 사람?
	온달은 어떤 사람?

2 '온달전'은 실존 인물인 온달의 생애를 기록한 전기입니다. 역사 속에서 온달은 어느 시대의 어떠한 인물인지 더 조사하여 말해 봅시다.

사고력을 길러요

1 평강공주가 다음과 같이 말한 이유는 무엇인가요?

처음에 말을 사 오려 할 때 공주는 온달에게 일렀다.

"절대로 시장 장사꾼들에게서 사지 마시고, 나라에서 키우다가 병이 들고 야위어 내버린 것을 사 오도록 하세요."

2 평강공주는 왜 부왕의 뜻을 어기고, 또 망설이는 온달 모자를 설득하면서까지 온달과 결혼하려 했을까요? 그 이유를 자유롭게 추측해 보세요.

사씨남정기

김만중

교과서에도 있어요.

고등 문학 I [지학사, 천재교과서, 신사고]
고등 문학 II [천재교육, 비상교육]

줄거리를 읽어 봐요

　유 한림은 열다섯에 과거 급제하고 어질고 정숙한 사씨를 부인으로 맞았습니다. 유 한림의 나이가 삼십에 이르도록 자식이 없자 둘째 부인을 들였습니다. 그런데 둘째 부인으로 들어온 교씨는 성품이 어질지 못하고 교활하여 사 부인을 시기하고 모함했습니다. 결국에는 자신의 아이를 죽이고 그것을 사 부인에게 덮어씌워 집에서 쫓아냈지요. 이어 부인의 목숨까지 빼앗으려 하자 부인은 온갖 고난을 헤치며 남쪽으로 도망갔습니다. 교씨는 집사 동청과 함께 유 한림을 모략하여 멀리 귀양 가게 하고는 집안의 재물까지 모두 빼앗았습니다. 유배에서 풀려나 집으로 가던 유 한림은 그제서야 모든 것이 둘째 부인 교씨의 계략이었음을 알게 되었습니다. 그러나 동청에게 쫓겨 목숨이 위태로워졌지요. 이 때 암자에 머물던 사 부인이 유 한림을 구해 주고, 한림은 지난 잘못을 뉘우쳤습니다. 관리가 되어 백성들을 수탈하던 동청은 부하의 고자질로 잡혀 들어가고 교씨도 붙잡혀 처형당했습니다.

이것만은 꼭 알고 가자!!

★ 謝氏: 사씨, 南征: 남쪽으로 가다, 記: 기록할 기
  '사씨가 남쪽으로 간 일의 기록'

'사씨남정기(謝氏南征記)'는 조선 숙종 시절에 김만중이 한글로 쓴 소설입니다. 이 소설에는 독특한 창작 배경이 있습니다.

김만중은 숙종 임금이 인현왕후를 폐위시키고 희빈 장씨를 왕비로 맞아들인 것에 반대하다가 유배를 가게 되었습니다. 그리고 그 유배지에서 이 소설을 썼다고 합니다.

희빈 장씨는 교활한 모함으로 인현왕후를 쫓아내고 중전의 자리에 올라 온갖 악행을 저질렀다는 기록이 있습니다. 그래서 '사씨남정기' 속에서 교활한 교씨 부인은 희빈 장씨를, 총명함을 잃은 유 한림은 숙종을 빗댄 것이라 여겨지고 있습니다.

간악한 후처의 계교로 인해 착하고 인자한 정실 부인이 고난을 겪는 것과, 그것을 깨닫지 못하는 어리석은 가장의 이야기를 통해 왕의 실책을 꼬집은 것이라 할 수 있지요.

이 소설이 궁녀에 의해 숙종에게 전해져 잘못을 깨닫고 인현왕후를 복위시켰다는 일화도 전해진답니다.

사씨남정기

☆ 중국의 옛 나라 이름　　　　　☆ 유 한림의 아버지

　　명나라 시절, 금릉 순천부 땅에 유공이라 불리는 명망 높은 사람이 살

고 있었다. 부인은 일찍 세상을 떠나고 그에게는 아들 하나뿐이었다.

☆ 이 소설의
중심 인물인
유 한림.

　　아들 연수는 십오 세에 과거에 급제하고 한림학사의 벼슬을 받았다.

그 후 구혼해 오는 집안이 많았으나 유공은 좀처럼 허락하지 않고 현명

한 아가씨가 있는 집안을 찾았다.

　　유공은 사씨 집안의 아가씨가 매우 어질다는 소문을 듣고 누이동생

인 두 부인과 의논했다.　☆ 유공의 누이동생이고 유 한림에게는 고모가 된다. 어머니가 일

　　　　　　　　　　　　찍 돌아가신 이 집안에서 어머니와 같은 역할을 하고 있다.

　　두 부인이 묘한 제안을 하였다.

　　"사람의 덕행과 성질은 그 사람의 글씨나 문장에 나 ☆ 관세음보살의 공덕을 찬

타나는 법입니다. 사 소저의 글을 한번 얻어 봅시다. 양하여 부르는 노래 글귀

우화암의 묘혜 스님을 불러 사 소저에게 관음찬을 부

탁하도록 합시다. 사 소저가 손수 쓴 글씨를 보면 그

재주와 덕을 짐작할 수 있고, 또 묘혜 스님이 그것을

알고 나면
더 재밌어요!

인물 파악하기
이 소설은 한 가정에서 벌어지는
일을 주로 다루는 '가정 소설'인 만
큼, 인물들의 관계와 성격을 파악
하며 읽도록 하자.

☆ 후의 사씨 부인. 이 소설의 중심 인물이다.
소저는 '아가씨'를 한문 투로 이르는 말.

☆ 여승인 묘혜 스님은
이후에도 등장한다.

청하러 갔을 때 사 소저를 선 보고 와서 어떤 아가씨인지 말해 줄 것이 아닙니까? 묘혜 스님은 매파처럼 좋은 말로만 우리를 속이지는 않을 것입니다."

두 부인은 곧 우화암으로 사람을 보내 묘혜 스님을 모셔 왔다.

묘혜 스님은 부처님의 그림 한 장을 들고 사 소저의 집을 찾아갔다.

사 소저는 붓을 들어 관음찬 일백이십 자를 족자 밑 여백에 가늘게 썼다. 묘혜 스님은 그 글의 뜻과 글씨의 모양을 칭찬하고 유공의 집으로 돌아왔다.

유공과 두 부인은 사 소저의 관음찬을 보며,

"문자와 필법이 이처럼 기묘하니 재주와 덕을 겸비했음을 알겠다. 사 소저를 며느리로 삼자."

유공은 곧 사 소저의 집에 청혼하고 혼례 준비를 하였다.

그는 아들의 혼인을 보지 못하고 세상을 떠난 부인의 생각이 더욱 간절하였다.

혼인 날이 다가오고 양쪽 집안에서 큰 잔치가 벌어졌다. 신부가 **폐백**을 드릴 때 유공과 두 부인 남매는 비로소 신부의 모습을 보았는데, 그용모의 아름다움은 말할 것도 없고 현숙한 덕성이 그대로 드러났다.

이튿날부터 사 소저는 어른을 효성으로 받들고 집안을 잘 보살폈다.

그런데 얼마 후 유공은 우연히 병을 얻어 세상을 떠나고 말았다.

세월이 물 흐르듯이 빨라서 어느덧 유 한림은 관직에 나가게 되었다. 그러나 그의 인간됨이 강직하여 벼슬은 크게 올라가지 못하였다.

게다가 나이 삼십에 이르렀으나 **슬하**에 자녀가 없었다.

사 부인은 이를 근심하고 한림에게 말했다.

"이대로 가다가는 유씨 가문이 위태로울 듯합니다. 저는 개의치 마시고 어진 여인을 맞아 자식을 얻도록 하세요." *이 소설의 중심 인물 중 하나다. 앞으로 교씨의 행동과 성격을 주의해서 보자.*

매파가 사 부인을 찾아와 교채란이라는 여인을 소개해 주었다.

"어려서 부모를 여의고 지금은 그의 형에게 의지하여 있는데, 나이는 십육 세입니다."

곧 그 집에 혼인의 뜻을 전하고 친척들을 모아 간략한 잔치를 열었다.

둘째 부인 교씨가 유 한림과 사 부인에게 인사하고 자리에 앉았는데, 사람들이 교씨를 바라보니

초등필수 단어장

매파(媒婆) 혼인을 중매하는 할멈
필법(筆法) 글씨나 문장을 쓰는 법
폐백(幣帛) 혼례를 마친 뒤에 신부가 시부모와 시댁 어른에게 음식을 드리면서 절하는 것
슬하(膝下) 무릎의 아래라는 뜻으로, 어버이나 조부모의 보살핌 아래를 말한다.

자태가 매우 아름답고 움직임이 민첩하여 마치 해당화 꽃가지가 아침 이슬을 머금은 듯이 고왔다.

그러나 두 부인만은 안색이 우울해지며 한 마디도 하지 않았다.

그 날 밤, 두 부인이 사씨에게 말했다.

"한림의 둘째 사람은 마땅히 유순한 여자를 얻어야 할 것을 잘못 택한 것 같다. 저토록 절세미인을 얻었으니, 만일 저 여자의 성품이 어질지 못하다면 장차 집안이 평온치 못할 것 같아 걱정이다."

그러나 사 부인은 태연한 태도로,

"미인이라 하여 어찌 어질지 않겠습니까?"

하고 두 부인을 위로하였다.

이튿날 두 부인은 사씨에게 새로 맞은 교씨를 조심하라고 거듭 이르고는 집으로 돌아갔다.

머지않아 교씨는 아이를 가졌다. 유 한림과 사씨 부부는 매우 기뻐하였다.

> 교씨의 아들로, 양반 집안의 서자인 셈이다. 서자의 삶이 어떠한지는 홍길동을 생각해 보면 쉽게 알 수 있다. 이 점을 이해하면 교씨의 간악한 행동이 어떤 원인에서 비롯되었는지도 짐작할 수 있다.

어느덧 열 달이 차고 교씨가 아들을 낳으니 모두 경사스럽게 여겼고 교씨에 대한 한림의 대접은 더욱 두터워지고 사랑이 비할 데 없었다.

그는 아들의 이름을 장지라 짓고 매우 사랑하였다. 사 부인 또한 아기에 대한 정이 극진하여 친자식처럼 아껴 주었다.

> 사랑의 겉모습은 쉽게 드러나지 만 그 속마음은 알기 어렵다는 뜻

그러나 속담에 범의 그림에서는 뼈를 그리기 어렵고 사람의 사귐에서는 마음을 알기 어렵다고 하였듯이, 교씨는 교활한 말과 낯빛으로 겸손한 탈을 쓰고 있을 뿐이었다.

사 부인은 교씨가 겉 다르고 속 다름을 알지 못했다.

한편 유 한림은 동청이란 자를 집사로 두고 일
을 보게 하였는데, 동청의 사람됨은 간
사하고 교활하여 한림에게 아첨하고 비
위를 잘 맞추었다.

순진한 한림은 그것을 알지 못하고
기뻐하며 신임하였다.

교활한 교씨

이윽고 교씨는 점점 노골적으로 사 부인을 헐뜯기 시작했다. 그러나 아직 총기가 남아 있던 유 한림은 그저 못 들은 척하며 집안에 문제가 없기만을 바라는 태도였다.

☆ 교씨와 한 패가 되어 사씨 부인을 함정에 빠뜨리는 인물

마침내 질투에 불탄 교씨는 무당 ⟨십랑⟩을 불러 자기의 분한 사정을 말하고 부인을 모해할 계략이 있는지 물었다.

이 때 마침 사 부인 몸에 태기가 있어 열 달이 차 아들을 낳았다. 한림은 아이의 이름을 ⟨인아⟩라 짓고 매우 기뻐하였다.

☆ 유 한림과 사 부인 사이의 아들. 둘째 아들이지만, 이 집 안의 하나뿐인 적 자이다. 이에 대 해 교씨가 어떠한 위기감을 느꼈을지 생각해 보자.

하인들도 단념하였던 본부인이 아들을 낳은 것을 신기하게 여기고 교씨가 아들을 낳았을 때보다 몇 배나 더 축하하였다.

교씨는 이런 집안의 분위기를 눈치 채고 질투가 더욱 심해져 간장이 타오르는 듯 어쩔 줄을 몰랐다. 교씨는 무당 십랑을 또 불러서 이 사실을 전하고 사씨를 쫓아낼 비책을 내놓으라고 재촉했다.

☆ 교씨를 모시는 하녀

십랑은 곧 요물을 만들어서 서쪽에 묻고, 교씨의 하녀 ⟨납매⟩와 함께 부인을 몰아낼 음모를 꾸몄다. 그런 간악한 음모가 비밀리에 진행되고 있는 것을 교씨, 십랑, 납매 세 사람 외에는 아무도 알지 못했다.

어느 날 유 한림이 조정에 들었다가 여러 날 만에 집으로 돌아와 보니 집안의 모든 이들이 허둥지둥하며 교씨의 거처로 달려가는 것이었다.

교씨는 유 한림을 보더니 울면서 호소했다.

"아이가 갑자기 병이 나 죽을 지경이니 심상치 않습니다. 병세가 체증이나 감기가 아니고 분명 집안의 누군가가 계략을 꾸며 귀신을 불러

들인 듯합니다."

유 한림의 총명도 점점 줄어 갔는데, 열 번 찍어 안 넘어가는 나무 없다는 말과 같이 교씨의 말에 조금씩 귀를 기울이게 되었다.

그리고 납매가 부엌에서 괴이한 물건을 가져다 한림과 교씨에게 보였다. 그것은 누군가를 저주한 것이 틀림없어 보이는 물건이었다.

이를 본 교씨의 얼굴이 흙빛으로 변해서 말을 못하고 앉았다가 이윽고 울면서 한탄했다.

"제가 열여섯에 이 댁으로 들어와 남에게 원망 들을 일은 하나도 하지 않았는데 어떤 사람이 우리 모자를 이토록 미워하니 참으로 억울해서 죽을 지경입니다."

유 한림은 묵묵히 말을 잇지 못하고 침통한 표정이었다.

유 한림은 납매에게 불을 가져오라고 명하여 뜰에서 그것을 태워 버렸다. 그는 쓰인 글씨가 교씨의 필체임을 알아챘지만, 누군가가 일부러 교씨의 필체를 흉내 낸 것이라 생각하고 사씨 부인에게 의심을 품었다.

유 한림은 점점 사 부인 대하는 것이 냉담해졌다.

교씨는 이 틈에 사씨 부인을 없앨 계획을 꾸몄다. 그들은 사 부인이 집을 비운 사이 부인의 하녀 설매를 꾀어 부인의 옥가락지를 훔쳐 오게 하였다.

이것은 집안에 내려오는 보물이라 유 한림도 늘 보고 소중히 여기는 것이었다.

가정 소설이란?

이 소설은 김만중이 임금의 잘못을 지적하기 위해 지어졌다. 장희빈이 인현왕후를 모략한 것을 한 가정의 이야기로 빗댄 것이다. 가정 내 처첩 간의 갈등을 다룬 이런 소재는 당시 사람들의 큰 흥미를 끌었다. 비슷한 시기에 같은 소재를 다룬 소설들이 많이 등장하였는데 이들을 '가정 소설'이라고 부른다. '콩쥐팥쥐전', '장화홍련전'이 이에 속한다.

초등필수 단어장

모해하다 꾀를 써서 남을 해치다.
태기(胎氣) 아기를 밴 기미
간장(肝腸) 간과 창자. '마음'을 비유적으로 이르는 말.
체증(滯症) 먹은 음식이 잘 소화되지 않는 증상

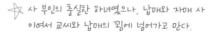
사 부인의 충실한 하녀였으나, 납매와 자매 사이여서 교씨와 납매의 꾐에 넘어가고 만다.

사씨남정기 **145**

교씨는 기뻐하며 설매에게 후한 상금을 주고 유 한림의 집사 동청과 함께 흉계를 꾸몄다.

이 때 유 한림은 산동 지방의 백성들을 살피러 나가라는 황제의 명을 받고 집을 떠나 있었다.

유 한림이 산동 지방에 이르러 주막에 들러 밥을 먹으려 하는데 어떤 청년이 들어와 한림에게 인사했다.

유 한림도 인사를 하고 보니, 그 청년의 풍채가 매우 좋았다.

청년의 이름은 냉진이라 하였다.

유 한림과 냉진은 말벗이 되어 낮에는 함께 길을 가고 해가 지면 주막에서 자고 닭이 울어서 밤이 새면 또 떠나가고 하였다.

그런데 어느 날 밤에 잘 때 보니 그 청년의 속 옷고름에 눈에 익은 옥가락지가 매여 있는 것이 보였다. 유 한림은 이상히 여기고 자세히 살펴보았다.

냉진은 가락지를 보인 것을 후회하는 듯 머뭇거리다가 마지못한 듯이 옷고름을 끌러 가락지를 보여 주었다.

유 한림이 손에 받아들고 자세히 보니, 옥의 색깔과 형태와 새긴 무늬가 부인 사씨의 옥가락지와 똑같았다. 의심하면서 더욱 자세히 살펴보니 남녀 사이 사랑의 증표로 동심결이 맺어 있지 않은가.

냉진은,

"그 동안 형과 정의가 깊어졌으므로 숨길 필요도 없지만, 정든 사람의 정표로만 알고 나를 비웃지 말아 주십시오."

하며 짐짓 자기 사랑의 고민을 고백하는 듯이 슬픈 기색을 하며 탄식하여 보였다.

'집안의 종들이 옥가락지를 훔쳐다가 내다 판 것인가? 그러나 청년이 사랑하는 사람과의 정표라던 넓두리는 무엇인가?'

한림의 의심과 걱정은 천 갈래 만 갈래로 퍼져 나갔다. 그리고 그런 근심을 하면서 반년 만에야 나랏일을 마치고 집으로 돌아왔다.

유 한림은 옥가락지가 궁금하여 사 부인에게 물었다.

"당신은 전에 부친께서 내려 주신 옥가락지를 어디에 간수해 두었소?"

사 부인이 패물 상자에서 가락지를 꺼내려 보니 다른 것은 모두 그대로 있는데 옥가락지만 사라지고 없었다.

"분명히 이 상자 속에 넣어 두었는데 이게 웬일일까요! 그것이 어디에 있는지 낭군께서는 아십니까?"

유 한림은 화가 나서 얼굴을 붉히며,

"자기가 남에게 주고서 나한테 묻는 건 무슨 심사요?"

하고 외쳤다.

사씨 부인은 혼비백산하여 눈물을 흘렸다.

유 한림은 하인들을 의심하여 엄하게 문초해 보았으나 범인을 잡아낼 수는 없었다. ☆ 자신이 한 일이 아닌데도 스스로 죄인이라 생각하는 사씨 부인은 어떠한 성격의 사람인지 생각해 보자.

사 부인은 누명을 깨끗이 씻어 버리지 못하자 스스로 죄인을 자처했고, 한림은 한림대로 이간질하는 말을 많이 들어 부인에 대한 의심을 풀지 못했다.

집안에서 기뻐하는 이는 교씨뿐이었다.

쫓겨난 사씨 부인

교씨가 또 아들을 낳아 이름을 봉추라 하였다. 유 한림은 교씨가 낳은 형제를 애지중지하였다.

그러던 어느 날 하녀 납매가 교씨에게 다가와 비밀스럽게 말했다.

"지금 사씨 부인을 이 댁에서 내쫓으려면 아씨 아드님인 장지 아기의 목숨을 끊어야 합니다. 그래야 나리께서도 격분하시고 우리 계획대로 부인을 내쫓을 수 있을 것입니다."

☆ 사씨에 대한 질투심에 친중도 저버리는 교씨.
이 소설에서 교씨는 극악무도한 인물로 그려지고 있다.

교씨도 자기 아들의 목숨을 희생으로 삼아야 된다는 말에는 깜짝 놀랐으나 사씨 부인을 미워하는 마음이 더욱 컸다.

교씨는 이윽고 결심하고 사 부인의 하녀 설매를 불러 장지에게 먹일 약을 달이도록 하였다. 설매는 아무것도 모른 채 약을 달였다.

교씨 수하들은 장지에게 약을 먹이기 전에 몰래 독약을 섞어 놓았다.

장지가 약을 먹고 그 자리에서 숨을 거두자 유 한림은 몹시 놀라 얼굴이 하얗게 질렸다.

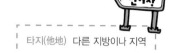

타지(他地) 다른 지방이나 지역

　　장지의 모습이 독약을 먹고 죽은 것같이 보여 한림은 남은 약을 개에게 먹여 보았다. 개는 그 자리에서 쓰러졌다.

　　이것을 본 유 한림의 얼굴은 흙빛으로 변했다.

　　한림은 곧바로 사 부인을 의심하고 하인들을 시켜 사씨를 데려다가 대문 밖으로 쫓아내게 하였다.

　　교씨는 여기서 그치지 않고 사 부인을 완전히 없앨 궁리를 하였다.

　　부인은 아무것도 모른 채 허름한 집을 짓고 홀로 살아갔다.

　　어느 날 부인이 깜빡 잠이 들었는데 꿈속에 시아버지 유공이 나타나 말했다.

　　"너에게 곧 위험이 닥칠 것이니 어서 이 곳을 떠나거라. 앞으로 칠 년 동안 너는 타지를 떠돌아야 할 것이다. 남방으로 멀리 피신해 있거라. 그리고 지금으로부터 육 년 후의 사월 십오일에 배를 백빈주에 매어 두었다가 위급한 사람을 구해 주어라."

　　사 부인은 꿈에서 깨어나 곧 길을 떠났다.

부인은 남방으로 가는 배편을 얻지 못해 초조하게 기다리다가 마침내 남경으로 가는 장삿배를 발견하고 달려가 태워 주기를 간청했다.

부인이 배를 타고 떠난 직후에 강도 수십 명이 달려와 부인이 머물던 집을 습격했으나 집은 이미 텅 비어 있었다.

동청과 교씨는 사씨를 잡지 못하고 놓친 것이 분해 발을 동동 굴렀다.

"사씨는 과연 꾀가 많은 여자다. 우리의 계획을 알아채고 벌써 달아났구나."

사씨 부인은 배를 타고 남쪽 지방을 향해 갔다.

만경창파에 바람이 일어 파도가 하늘에 닿을 듯 거칠고 한 조각 나뭇잎을 희롱하듯 배를 흔들어 댔다.

흔들리는 배의 운명은 한 치 앞도 알 수 없었다. 강 저편에서 원숭이 떼 우는 슬픈 소리가 어지럽게 들려왔다.

부인은 마침내 통곡하고 하늘에 호소하였다.

"하늘이 어찌 이런 기구한 운명을 내리셨는가?"

곁을 따르던 유모도 따라서 슬프게 울다가,

"하늘이 높은 곳에 있으나 살피심이 밝으니 부인의 앞길도 머지않아 트일 것입니다."

하며 위로하였다.

풍랑은 더욱 심해져 갔다. 집채만 한 파도가 솟아 배를 덮어 버릴 기세로 몰려들자 배는 위험을 피해 동정호의 위수를 따라 악양루로 방향

☆ 중국 동정호를 바라보고 서 있는 누각으로, 많은 문인들이 이 곳에서 아름다운 풍경을 내려다보며 시를 읊었다고 한다.

150

을 잡았다.

악양루에 도달하여 강가에 배를 대고 모두 뜬눈으로 밤을 지새웠다.

사씨 부인은 밤이 새도록 강가에 머문 배에서 기다리다가 날이 밝은 후에야 비로소 **인가**를 발견하고 지친 유모와 하녀를 데리고 배에서 내렸다.

갈 길이 바쁜 뱃사람들은 사씨에게 몸조심하라는 당부와 슬픈 인사를 하고 떠나갔다.

어느덧 날이 어둡고 달이 떠올라 강 위에는 달빛만 처량하게 비쳤다. 사방에서 물귀신이 울어 대고 두견새 소리가 처량하게 들려왔다.

"밤기운이 몹시 차가우니 저 악양루에 올라가 밤을 지내고 내일 다시 앞일을 생각해 보십시오."

부인은 유모의 말을 따라 악양루로 올라갔다.

오색구름이 둘러싸고 난간에 달빛이 은은히 비치는데 벽에는 시인 묵객이 써 놓은 현판들이 무수히 걸려 있었다.

부인은 그 광경을 보고 길이 탄식하면서,

'절부'와 '열녀'. 절개가 굳은 여인을 이르는 말이다.

"악양루의 명성은 익히 알고 있었지만 영웅호걸과 (절부열녀)들이 이렇게도 많이 이 곳에 인연을 맺었을 줄은 몰랐구나. 내 비록 갈 곳 없이 떠돌고 있는 중이지만 이 곳에 온 것이 우연한 일이 아니다."
하고 그 날 밤을 누각 위에서 지새웠다.

이튿날 새벽, 밑에서 요란한 소리가 나며 수십 명의 사람들이 누각을 향해 올라왔다. 악양루의 해

초두필수 단어장

장삿배 장사할 물건을 싣고 다니는 배
만경창파(萬頃蒼波) 만 이랑의 푸른 물결이라는 뜻으로, 한없이 넓고 넓은 바다를 이르는 말
기구하다 세상살이가 순탄하지 못하고 어려움이 많다.
인가(人家) 사람이 사는 집
묵객(墨客) 먹을 가지고 글씨를 쓰거나 그림을 그리는 사람

뜨는 경치를 구경하려고 일찍 올라오는 사람들이었다.

갑자기 낯선 사람들이 나타나자 놀란 부인은 유모와 하녀를 데리고 뒷문으로 빠져나가 강변 숲으로 들어갔다.

"날이 밝았으나 노자도 없고 우리들이 의탁할 곳이 없으니 이제 어디로 가겠느냐. 아무리 생각해 보아도 강물 속으로 몸을 감추는 수밖에 없구나."

절망한 부인은 강물에 몸을 던지려 물가로 뛰어갔다.

유모와 하녀가 통곡하며 부인의 옷을 부여잡았다.

지칠 대로 지친 부인은 그대로 유모의 무릎에 기대어 기절하고 말았다.

꿈일까, 생시일까.

부인은 한 소녀를 따라 강가에 즐비하게 늘어서 있는 궁궐로 들어가고 있었다.

화려한 궁궐 안에는 두 왕비와 여러 부인들이 앉아 사씨 부인을 기다리고 있었다.

두 왕비가 말했다. ☆ 태평성대를 만든 중국의 신화 속 임금

"우리는 순 임금의 두 비다. 우리는 이 곳의 신령이 되어 고금의 절부 열녀를 보살피면서 세월을 보내고 있다. 그대가 한때의 화를 만나고 이 곳에 오게 된 것은 모두 하늘이 정한 운명이다. 그대가 아무리 죽으려 하여도 아직 죽을 때가 아니므로 허락할 수 없으니 마음을 진정하라."

부인이 엎드려 절을 하고 왕비 앞을 물러나오는데 열두 주렴 내리는 소리가 주르르 하고 맑게 울렸다.

152

그 소리에 놀라서 정신을 차리고 보니 유모와 하녀가 기절한 부인을 붙들고 슬피 울고 있었다.

부인은 몸을 움직여 일어나며,

"내가 얼마나 잤느냐?"

하고 물었다.

"기절한 지 서너 시는 되었습니다. 부인께서 기절하셔서 저희들이 당황하여 부인을 흔들어 깨웠는데 이제야 정신을 차리셨습니다."

부인은 꿈속에서 왕비들을 본 이야기를 하며,

"아무래도 보통 꿈과는 다르니 꿈속에서 가던 길을 한번 찾아가 보자."

하고 자리에서 일어났다.

★ 아황과 여영은 순 임금의 황후와 비다. 순 임금이 죽었을 때 상강을 헤매며 슬피 울었는데, 그 때 뿌린 눈물이 대나무에 얼룩이 되어 표피에 반점이 있는 '반죽'이라는 대나무가 생겼다는 전설이 있다. 둘이 상강에 몸을 던져 죽어서 신이 되었다는 이야기도 있다.

강가의 **대밭**으로 들어가 보니 과연 (아황, 여영) 두 왕비의 묘가 있고 부인이 꿈에 본 장소와 같았다.

그러나 건물의 **단청**이 퇴색하고 황량하기가 말이 아니었다.

사당 안으로 들어가서 보니 두 비의 **초상**이 꿈에서 본 모습과 조금도 다름이 없었다.

사씨는 예를 올리며,

"두 분의 가르침을 잊지 않고 훗날을 기다리겠사옵니다."

하고 다짐했다.

전날 종일토록 아무것도 먹지 못한 부인은 **묘**지기의 집에 가서 밥을 얻어 굶주린 배를 달랬다.

초등필수
단어장

노자(路資) 먼 길을 떠나 오가는 데 드는 비용
고금(古今) 예전과 지금을 아울러 이르는 말
주렴(珠簾) 구슬 따위를 꿰어 만든 발
대밭 대나무가 많이 자라고 있는 땅
단청(丹靑) 옛날식 집의 벽, 기둥, 천장 따위에 여러 가지 빛깔로 그려 넣은 그림이나 무늬
사당(祠堂) 조상의 신주를 모셔 놓은 집
초상(肖像) 사진, 그림 따위에 나타낸 사람의 얼굴이나 모습
묘지기 산소를 지키며 보살피는 사람

서산에 해가 지고 달빛이 떠서 몽롱하게 주위를 비쳤다.

묘 안으로 들어가 사방을 살펴보니 밤은 깊어만 가고 여기저기서 짐승 울음소리만 들려왔다.

부인의 마음은 황량하기 그지없었다.

이 때 묘의 문이 열리더니 두 사람이 안으로 걸어 들어왔다.

"부인께서는 또 물에 빠지려고 하십니까?"

부인이 놀라서 바라보니 한 여승과 그를 따르는 여동이었다.

"그대들은 어떻게 우리 일을 아는가?"

여승은 인사를 하면서,

"소승은 동정호 군산사에 있는데 아까 꿈속에 관음보살님이 나타나셔서 '어진 사람이 어려움을 만나 갈 바를 모르고 강물에 빠지려고 하니 빨리 황릉묘로 가서 구하라.' 하셨습니다. 그래서 급히 배를 저어 왔는데 과연 부인을 만난 것입니다."

하고 세 사람을 밖으로 인도하여 강가로 내려와 배에 태웠다.

여동이 노를 젓자 배는 순풍을 만나 순식간에 군산사에 이르렀다.

이 섬 속의 산은 동정호 가운데 솟아 있어 사방이 다 물이요, 산은 푸른 대숲으로 덮여 인적이 없고 한적했다.

여승이 배에서 내려 험한 산길을 찾아가는데, 부인의 기운이 다해 열 걸음에 한 번씩 쉬면서 암자에 이르렀다.

수월암이라는 이 암자는 매우 한적하고 정결하여 인간 세상을 떠난 선경이었다.

부인은 몸이 피곤하여 곧 잠이 들고 이튿날 아침까지 깨지 못했다.

여승이 먼저 일어나 **불당**을 청소하고 향을 피우고 나서 부인을 깨워 부처님께 경배드리기를 권했다.

부인이 불당에 올라 경배하고 눈을 들어 부처를 쳐다본 순간 부인은 놀라서 눈물을 주르륵 흘렸다. 바로 부인이 십육 년 전에 관음찬을 지어서 올렸던 그 부처의 그림이었던 것이다.

자신이 손수 쓴 글씨를 다시 보니 자연히 놀라움과 슬픈 마음이 일어났다.

그 모습을 보고 있던 여승이 깜짝 놀라 물었다.

"부인이 혹시 신성현 땅의 사 소저입니까?"

부인이 대답했다.

"그렇습니다. 스님이 어찌 저를 아십니까?"

"부인의 용모와 음성이 본 듯해서 이상하게 생각하였습니다. 제가 저 관음찬을 소저에게서 받아 간 묘혜입니다. 소승이 유 대감 댁의 명을 받고 부인에게 관음찬을 받아다가 보이자 크게 칭찬하시고 아드님과 혼인을 정하셨던 것입니다. 소승은 이 암자에서 고요히 공부하면서 불상을 예배하고 부인이 쓴 글과 필적을 볼 때마다 부인의 옥설 같은 용모를 생각해 왔습니다. 그런데 부인은 어찌하여 이런 고생을 하게 되었습니까?"

부인이 그 동안의 일을 자세히 들려주자 묘혜 스님은 탄식하며 부인을 위로하였다.

"세상 일이 항상 이러한 법이니 부인은 너무 슬

서산(西山) 서쪽에 있는 산
여승(女僧) 여자 승려
여동(女童) 여자아이
소승(小僧) 승려가 자기를 낮추어 이르는 일인칭 대명사
순풍(順風) 배가 가는 쪽으로 부는 바람
암자(庵子) 큰 절에 딸린 작은 절
선경(仙境) 신선이 사는 곳. 경치가 신비스럽고 그윽한 곳을 비유적으로 이르는 말.
불당(佛堂) 부처를 모신 집
옥설(玉雪) 백옥같이 희고 깨끗한 눈. 깨끗한 사물을 빗대어 이르는 말.

초두필수
단어장

퍼하지 마십시오."

부인은 수월암에 머물러 세월을 보냈으나 그냥 한가롭게 놀지 않고 바느질과 길쌈을 부지런히 하여 절의 신세를 보답하였으므로 묘혜 스님도 기뻐하고 부인을 극진히 공경하였다.

진실을 알게 된 유 한림

시간이 흐르면서 유 한림은 점점 교씨의 행동을 의심하게 되었다. 그리고 조금씩 뉘우치는 마음이 들었다.

한림은 과거 사오 년 동안 지낸 일을 곰곰이 반성하고 비로소 악몽을 깬 듯이 스스로 부끄러워졌다.

이를 눈치 채고 마음이 불안해진 교씨와 동청은 유 한림을 멀리 쫓아낼 계획을 꾸몄다. 그들은 밤마다 몰래 만나 어떻게 한림을 쫓아내고 집안의 재산을 모두 차지할 수 있을까 궁리하기 시작했다.

동청은 황제에게 유 한림을 모함하였다. 황제는 충직한 유 한림에게 의심을 품고 멀리 유배 보내고 말았다.

동청은 충신인 척하며 황제로부터 큰 벼슬까지 얻게 되었다.

한림이 유배지로 떠나자 교씨는 집에 있던 금은보석과 값진 재물을 모두 훔쳐 냈다. 그들은 이제 저희들 세상이 되었다고 기뻐 날뛰었다.

세월이 흘러 유 한림이 유배에서 풀려났을 때 이미 집에는 아무런 재산도 하인들도 남아 있지 않았다.

유배지를 떠나 집을 향해 길을 가던 유 한림은 한 벼

슬아치의 행차를 보게 되었다. 어떤 관리가 말 위에 높이 타고 수십 명의 부하를 거느리고 지나가고 있었다.

유 한림이 말 탄 사람을 자세히 보니 분명 자기 집에서 집사로 일하던 그 간악한 동청이었다.

"아니 저 놈이 어떻게 높은 벼슬을 하고 이 지방을 행차해 갈까?"

한림은 행렬이 다 지나간 뒤에 큰길로 나왔다.

이 때 어떤 여자가 한림을 보고 다가왔다.

"나리께서 어떻게 이런 곳에 와 계십니까?"

한림이 놀라 그 여자의 얼굴을 자세히 보니 사 부인의 하녀 설매였다.

설매는 황급히 한림을 사람 없는 장소로 모시고 가더니 눈물을 흘리며 말했다.

"그 동안 댁에서 겪은 일을 다 아뢰겠습니다. 나리께서는 아까 지나간 행차가 누구인지 아십니까?"

"동청이 무슨 벼슬을 하고 가는 모양이더라."

"뒤에 가던 가마 행차는 누구로 아셨습니까?"

"그야 동청의 아내일 게 아니냐?"

"그가 바로 교 낭자입니다."

한림은 설매의 말을 듣고 기가 막혀 한참 동안이나 말을 못하다가 이윽고 설매에게 물었다.

"세상에 이럴 수가 있느냐! 좌우간 이렇게 된 자초지종을 자세히 말해 보아라."

설매는 흐느끼며 자기가 옥가락지를 훔쳐 낸 이야기며, 그들이 아들 장지를 죽인 이야기, 교씨가 동청과 함께 집을 나간 이야기를 모두 고했다.

"내가 어리석어서 간악한 자들에게 속아 죄 없는 아내를 보전치 못하였으니 무슨 면목으로 세상과 조상을 대하랴!"

한림은 뒤늦게 잘못을 깨우치며 가슴을 쳤다.

설매가 한참 만에 교씨의 행차로 돌아가자 교씨는 이를 의심하고 주위 하녀들에게 물었다.

"설매가 몰래 유 한림을 만나는 것을 보았습니다."

하녀들이 대답했다.

교씨는 깜짝 놀라 행차를 멈추고, 이 말을 들은 동청은 건장한 관졸 수십 명을 보내 한림의 목을 베어 오라고 명령했다.

한림이 강가에 이르렀는데 갑자기 함성이 진동했다.

한림은 놀라서 방향도 없이 허둥지둥 달아났다. 그러나 얼마 가지 않아서 앞길이 막히고 바다 같은 큰 물이 가로놓였다.

"유 한림이 이 물가에 숨었으니 샅샅이 뒤져서 잡아라!"

뒤에서 추격하는 괴한들이 소리쳤다.

한림은 이제 잡혀서 죽을 수밖에 없다고 생각하며 하늘을 우러러 호소했다.

"내가 선량한 처자를 애매하게 학대하였으니 어찌 천벌을 받지 않으랴. 남의 손에 죽느니보다는 차라리 물에 빠져서 스스로 죽으리라."

하고 물에 몸을 던지려는 순간, 문득 배 젓는 소리가 은은히 들려왔다.

한림은 허둥지둥 가면서,

'어떤 사람이 나의 위급한 몸을 구해 주려는 것일까.'

하며 배를 향해 외쳤다.

"사람 살려요! 날 좀 태워 주오!"

배를 젓던 여승이 급히 물가로 배를 대었다.

유 한림은 배에 뛰어오르면서 애원했다.

"도적놈들이 내 뒤를 쫓아오니 빨리 배를 저어 주시오."

이 때 배 안에 앉아 있던 다른 젊은 여인이 한림을 보더니 울음을 터뜨렸다. 그가 이상히 여기고 자세히 보니 자기의 아내 사씨가 분명했다.

"부인을 여기서 만나다니, 이것이 웬일이오!"

부인은 울기만 할 뿐 아무 말도 하지 않았다.

"내가 이제 무슨 낯을 들어 부인을 대하겠소. 부끄럽고 마음이 괴로워서 할 말이 없소."

유 한림은 설매에게 방금 듣고 온 소식을 마치 자백하듯이 줄줄이 외었다.

사씨 부인은 남편의 뉘우치는 말을 듣고 떨리는 음성으로 입을 열었다.

"낭군께 이런 말씀을 듣지 못하였으면 죽어도 눈을 감지 못했을 것입니다."

묘혜 스님이 배를 젓기 시작하자 순풍이 불어와 순식간에 암자 있는 섬에 도달했다.

한림은 훗날 부인을 데려가기로 약속하고 먼저 집으로 돌아가 기울어진 집안 살림을 수습하였다.

한편 동청은 높은 벼슬을 이용해 백성을 수탈하고 왕래하는 행인을 유인해 재물을 약탈하는 등 온갖 악행을 저지르고 있었다. 남방 사람들은 모두 동청의 학정을 저주하고 민심은 흉흉해졌다.

교씨는 집을 떠난 지 얼마 되지 않아서 둘째 아들 봉추마저 병들어 죽었으므로 역시 어미의 정으로 번민하고 있었다.

수탈하다 강제로 빼앗아 들이다.
학정(虐政) 백성을 괴롭히는 모진 정치

황제가 자신의 잘못을 뉘우치고 충신을 다시 불러들이고 있다. 김만중이 유배 중에 이 소설을 썼음을 기억하자. 왕이 잘못을 깨우치고 충신을 곁에 두며 올바른 정치를 하기를 바라는 마음이 엿보인다.

냉진은 자기의 보호자요, 공모자인 동청의 죄악을 세상이 다 알게 되자 갑자기 두려운 마음이 들었다.

그리하여 동청을 배반하고 나라에 그의 죄를 고발했다.

황제는 매우 노하여 즉시 동청을 잡아들여 처형하였다.

그리고 지난날 간신의 말을 듣고 충신들을 내친 것을 후회하며 유 한림을 다시 불러 이부시랑의 직책을 주었다.

그는 외로운 섬의 암자에서 기다리는 부인에게 이 기쁜 소식을 전하고 드디어 부인을 데려오기 위해 암자로 배를 보냈다.

사 부인은 묘혜 스님과 눈물로 이별하고 배에 올랐다.

약속한 곳에 배를 대니 유 시랑이 이미 와서 기다리고 있었다. 비단 휘장이 강변을 덮고 환영하는 사람들이 물가에 나란히 서 있었다.

하녀가 부인에게 새 의복을 올리자 부인은 칠 년 동안이나 입었던 소복을 비로소 벗고 아름다운 화복으로 갈아입었다.

부부가 상봉하고 뱃길을 통해 고향집에 이르자 소문을 들은 지방의 많은 관리들이 모두 찾아와 축하해 주었다.

그 후 교씨를 잡아 처형하고, 부부는 팔십여 세를 편안히 살았다.

문필에 능달한 사 부인은 내훈 십 편과 열녀전 십 권을 지어 세상에 전하며 올바른 행실을 갖도록 권장하였다.

초등필수
단어장

간신(奸臣) 왕과 백성을 속이고 자기 잇속만 차리는 못된 신하
화복(華服) 물을 들인 천으로 만든 옷
내훈(內訓) 집안의 부녀자들에게 하는 훈시나 교훈
열녀전(烈女傳) 열녀의 행적을 기록한 전기

짧은 글 짓기

1 만경창파
2 인가
3 노자
4 순풍
5 길쌈

이해력을 길러요

1 이 소설에 등장하는 인물들의 성격과 관계를 정리해 봅시다.

	인물들 사이의 관계	성격
유 한림	유씨 집안의 가장	
사씨		
교씨		

2 이 소설을 통해 작가 김만중이 왕에게 하고 싶었던 말은 무엇일까요?

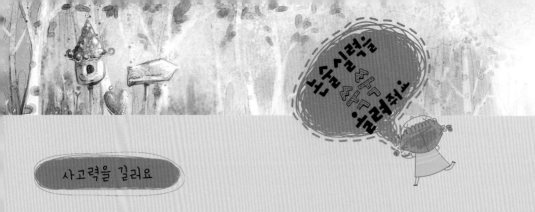

사고력을 길러요

1   이 소설을 통해 엿볼 수 있는 당시 사회 제도의 문제점을 생각하여 말해 봅시다.

논리력을 길러요

1   다음 학생들은 간악한 교씨의 행동을 두 가지 시선에서 바라보고 있습니다. 이러한 의견
    을 참고하여 교씨의 행동에 대한 여러분의 의견을 밝혀 써 보세요.

    희연   교씨는 사 부인과 유 한림을 모략하고 집안을 풍비박산 낸 악인이야. 자기 아들을
          죽이는 행동까지 서슴지 않는 것을 보면 동정할 여지가 없는 간악한 인물이야. 그의
          악행은 누구에게 탓을 돌릴 수 없는 거야. 스스로 선택한 거니까.

    성미   당시 사회에서 정실 부인이 아니라는 이유로 받아야 하는 불이익과 자기 아들이 서
          자로 살아가며 받을 천대를 생각하면 교씨가 그렇게도 간악해진 데에는 사회적인
          이유가 크다고 생각해. 그들도 같은 대우를 받을 수 있었다면 교씨도 평범한 사람으
          로 살 수 있었을 거야.

    여러분의 의견은 어떤가요?

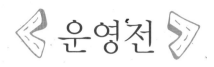

운영전

작자미상

교과서에도 있어요.

고등 문학 I [지학사, 천재문화]

줄거리를 읽어 봐요

　　가난한 선비 유영이 수성궁에 놀러 갔다가 깜빡 잠이 듭니다. 그는 꿈 속에서 운영이라는 아름다운 여인과 김 진사를 만나게 되지요. 그들은 자신들의 슬픈 사연을 유영에게 들려줍니다.

　　운영은 안평대군의 궁녀로 수성궁에 살고 있었습니다. 안평대군은 운영과 아홉 궁녀에게 종종 시를 짓도록 하고 그 재주를 칭찬하였습니다. 그런데 운영의 시 속에는 누군가를 그리워하는 마음이 담겨 있어 대군이 의아하게 생각했습니다. 운영은 궁궐 안에서만 지내는 궁녀이기 때문입니다.

　　운영은 친한 벗에게 자신의 사연을 털어놓습니다. 어느 날 궁을 찾아온 김 진사를 사모하게 되어 편지로 마음을 주고받았던 것입니다. 결국 그들의 비밀은 안평대군의 귀에까지 들어가 그들은 슬픈 운명을 맞습니다.

'운영전(雲英傳)'은 조선 시대에 쓰인 것으로 짐작하며 작자는 알려지지 않고 있습니다.

'운영전'은 남녀 간의 사랑 이야기를 다룬 애정 소설입니다. 조선 후기에 이런 소설이 많이 등장했습니다.

그런데 이 소설은 '춘향전'과는 많이 다릅니다. 보다 사실적이고 현실적입니다. 착한 사람은 복을 받고 나쁜 사람은 벌을 받는다는 권선징악의 주제도 뚜렷하지 않습니다. 고전 소설 중에서는 드물게 슬픈 내용을 다루고 있기도 하지요. 그래서 '운영전'은 전형적인 고전 소설의 흐름을 벗어났다는 평가를 받습니다.

남녀의 애절한 사랑을 주제로 하는 듯 보이지만, 그 안에는 억압하는 사회에 대한 항의가 담겨 있습니다. 금기로 여겨지던 궁녀의 사랑을 과감하게 다뤘다는 점에서도 당시 사람들의 생각의 변화를 읽을 수 있습니다.

운영전

남대문 밖에 유영이란 선비가 살았다.

그는 매우 가난하여 때맞춰 입을 의복도 없고 머리는 헝클어지고 얼굴에는 때가 묻어 거리에 다니면 사람들의 비웃음을 받았다. ☆ 세종대왕의 셋째 아들인 안평대군이 살던 집

어느 봄날, 유영은 춘흥을 못 이겨 홀로 한 병 술을 들고 (수성궁)으로 들어갔다. ☆ 황폐한 풍경을 묘사함으로써 적막하고 쓸쓸한 분위기를 조성하고 있다. '장안'은 서울을 이룬다.

(궁 안의 동산으로 올라가 사방을 바라보니, 전쟁이 휩쓸고 간 장안은 가옥이 황폐하고 무너진 담과 깨어진 기와만 잡초 속에 널려 있었다.)

유영은 만고성쇠의 옛 자취를 느끼며 느린 걸음으로 서쪽 뜰로 들어가 홀로 바위 위에 앉았다.

그는 깜빡 잠이 들었다가 얼마 후 냉기가 들어 번쩍 잠에서 깨었다. 이제는 구경꾼들도 다 흩어지고 달빛만 교교히 비치고 있었다.

이 때 바람결에 아름답고 부드러운 소리가 들려

만고성쇠(萬古盛衰) 매우 오랜 세월 동안 성하고 쇠퇴함
교교히 달이 썩 맑고 밝게

와 좌우를 살펴보니 한 소년과 절세미인이 이야기를 나누고 있는 것이었다.

소년은 김 진사라고 자신을 소개하고 여인은 안평대군의 궁녀 운영이라 하였다.

유영은 그들과 함께 술잔을 나누다가 문득 그들의 사연이 궁금해져서 말했다.

"그대들의 사연을 좀 더 이야기해 주지 않겠소?"

소년은 감동을 이기지 못하는 표정으로 운영을 돌아보며 물었다.

"벌써 임금이 몇 번 바뀌고 세월이 변하였으니, 그대는 그 때의 일을 기억할 수 있겠소?"

운영이 대답했다.

"어찌 그 때의 일을 잊겠습니까? 제가 이야기해 볼 것이니 빠뜨린 것이 있다면 낭군님이 덧붙여 주세요."

이리하여 운영이 이야기하고 소년은 곁에서 붓을 들어 그 때의 일을 쓰기 시작하였다.

☆ 다음 내용이 김 진사와 운영이 들려주는 이야기임을 생각하며 읽어 보자.

운영의 사랑

☆ 세종대왕의 셋째 아들로, 형인 수양대군에 의해 귀양 가고 죽임을 당한 비운의 왕자이다.

세종대왕의 여덟 왕자 중 안평대군이 가장 영민하셨지요. 안평대군은 수성궁에 머물며 학업을 닦았습니다.

어느 날 안평대군이 우리 궁녀들을 불러 말했습니다.

"재능은 남자에게만 있는 것이 아니니 너희들도 힘써

오늘필수
단어장

영민하다 슬기롭고 재빠르다.

글을 배우거라."

그리고 궁녀 중 나이 어리고 어여쁜 자들 열 명을 뽑아 언해 소학, 중용 논어 등을 차례로 가르치셨지요.

오 년이 지나지 않아 모두 문장이 비범하였습니다. 우리가 안평대군 앞에서 시를 지어 올리면 그 우열을 정하여 일등에게는 상을 내려 주었답니다.

궁녀 열 사람의 이름은 소옥, 부용, 비경, 비취, 옥녀, 금련, 은섬, 자연, 보련, 운영이니, 운영은 바로 저였어요.

대군께서는 우리를 매우 자애하셨으나, 항상 궁문 밖에는 나가지 못하게 하고 바깥 사람들과 말하지 않도록 하였습니다. 우리들은 드나드는 문사들과도 가까이 있지 못하였지요.

> ⭐ 어린 궁녀들의 답답한 마음에 감정 이입해 보자. 궁녀의 입장에서 이것이 진정한 자애라고 할 수 있을까? 궁녀들의 마음은 이 소설의 끝 부분에 드러난다.

그 날도 대군께서 우리를 불러 말씀하셨습니다.

"오늘 한 문사와 함께 술을 마시는데, 그 때 한 줄기 파란 연기가 궁중의 나무로부터 일어나 궁성을 싸고 산봉오리로 스르르 돌아갔다. 이것을 시제로 하여 글을 지어 올려라."

우리는 모두 시를 지어 대군께 올렸지요.

저의 시는 이러했습니다.

멀리 바라보니 푸른 연기는 가늘고

아름다운 사람은 깁 짜기를 그치고

바람을 대하여 홀로 슬퍼하노라.

날아가 무산에 떨어지리라. ⭐ 무산은 중국에 있는 산으로, 초나라 양왕이 꿈속에서 선녀를 만난 곳이라 하여 사랑이 이루어지는 신비로운 장소로 여겨진다.

대군께서는 그 시들을 찬찬히 읽으신 후,

"너희들의 시가 우열을 가릴 수 없을 정도로 훌륭하구나. 부용의 시와 비취의 시를 제일로 정한다. 그런데 운영의 시에는 슬퍼하고 누군가를 그리워하는 듯한 표현이 있구나. 도대체 누구를 생각하는 것이냐고 묻고 싶다만, 그의 재주를 보아 덮어 둔다."

하였습니다.

저는 즉시 뜰에 엎드려,

"시를 지을 때 우연히 나온 것이고 결코 다른 뜻은 없습니다."

하고 울었지요.

대군께서 저를 다시 자리에 앉히시며,

"깊이 책망하는 것은 아니다. 시는 마음으로부터 나와 억지로 숨기지 못하는 것이다."

하고 말씀하셨습니다.

하루는 친구 자연이 저에게 지성스럽게 물었지요.

"너는 무슨 고민이 있는 거니? 날이 갈수록 쇠약해 가니. 여자로 태어나 출가하기를 원치 않는 사람은 없단다. 무엇보다도 난처한 것은 정든 사람을 만나지 못하는 것이지. 숨기지 말고 나에게만 말해 다오."

저는 마음이 움직여 마음속 한을 자연에게 털어놓았습니다.

어느 가을날, 대군께서 혼자 서당에서 글씨를 쓰실 때, 나는 먹을 갈고 종이를 펴 가지고 옆에 서

우열(優劣) 나음과 못함
문사(文士) 문학에 뛰어나고 시문을 잘 짓는 사람
시제(詩題) 시의 제목이나 제재
깁 명주실로 바탕을 조금 거칠게 짠 비단
출가(出嫁) 처녀가 시집을 가는 것

있었단다. 그 때 유생 김 진사라는 분이 안평대군을 뵈러 왔지. 대군은 흔쾌히 자리로 불러들이라 하셨어.

베옷을 입은 그 선비가 침착한 걸음걸이로 계단 위로 올라오는데 마치 새가 나래를 편 듯하고, 일세의 영걸이요 당당한 장부더라. 당에 올라 앉은 것을 보니 그 용모가 신선과 같았어.

"처음으로 대군을 뵙는 영광을 얻었으니, 황감하옵니다."

"자네 이름은 익히 들었으니, 자, 편히 앉게."

진사는 내 얼굴을 마주 보고 앉게 되었어.

대군은 금련에게 노래를 부르게 하고 부용에게 거문고를 타게 하시고, 보련에게 단소를 불게 하고 나에게는 먹을 갈라고 명하셨어.

나는 가슴이 마구 울렁거렸어. 진사도 나에게 겸손하면서도 때때로 정다운 눈길을 보내셨단다.

진사가 시를 지어 올리니 대군께서는 매우 기뻐하시며 더 일찍 만나지 못한 것을 안타까워하셨어. 대군은 가까이 다가가 손을 잡으시며,

유생(儒生) 유교의 가르침을 따르고 공부하는 학생
나래 '날개'를 이르는 말
일세(一世) 한 시대
영걸(英傑) 지혜와 용기가 뛰어나고 남다른 기개가 있는 사람
단소(短簫) 부는 국악기 가운데 하나. 대나무로 만들고 구멍이 앞에 네 개, 뒤에 한 개 있다. 세로로 잡고 분다.
동방(東邦) 동쪽에 있는 나라. 우리나라를 스스로 이르는 말.
한담(閑談) 심심하거나 한가할 때 나누는 이야기

"진사는 오늘날의 선비는 아니로다. 하늘이 그대를 동방에 나게 하심은 우연한 일이 아니다."

진사가 붓을 들어 글씨를 쓰실 때 먹물 한 점이 내 손가락에 떨어졌는데, 마치 파리 날개를 그린 것 같았어.

나는 그것을 씻고 싶지 않았단다.

어느덧 밤이 되어 대군께서도 잠자리로 들어가

시고 진사도 물러갔지.

　그 후로 나는 잠도 오지 않고 먹어도 맛이 없으며 그저 그리운
마음뿐이었단다. 대군은 매일 진사를 불렀으나, 그 때부터는 우리
들을 절대로 함께 자리하도록 하지 않으셨어.

　나는 문틈으로 진사를 엿보며 연모하는 마음이 더욱 간절해졌
어. 그리고 진사에게 편지를 써 전하려 했지.

　하지만 기회가 없어 그대로 지냈는데, 하루는 대군께서
많은 이들을 궁에 불러 한담을 나누시다 그 날도 진사를
부르시지 않겠어?

　진사는 무슨 근심이 있는지 얼굴이 초췌해지고
아주 다른 사람같이 보였어.

　그 자리에서 가장 나이 어린 소년이었기
때문에 진사는 제일 끝자리에 앉으셨지.

　그 곳은 안쪽과 벽 하나로 접해 있
는 곳이었어.

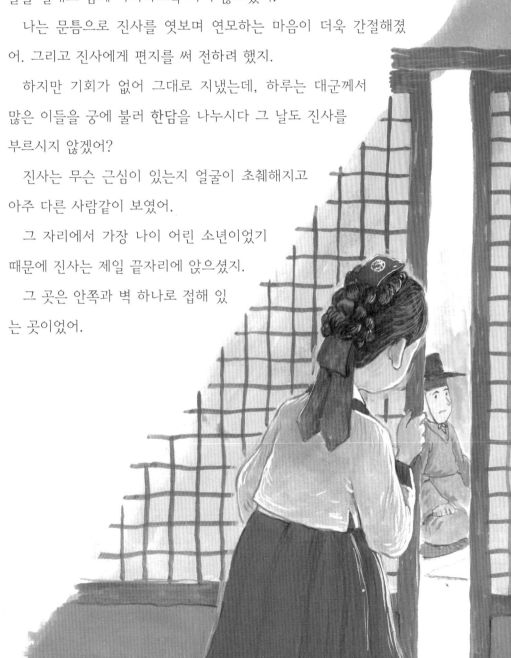

밤이 깊어지고 모두 취하여 몽롱해진 것을 보고 나는 낮은 벽 틈
으로 진사에게 편지를 던졌단다. 진사는 아무도 모르게 편지를 얼
른 품안에 넣고 집으로 돌아가셨어.

그리고 어느 날 수성궁을 드나들던 무녀가 나를 몰래 후원으로
데려가더니 진사의 답장을 전해 줬어.

나는 방으로 가져와 편지를 읽고 진사의 마음을 알게 되었단다.

나는 기운이 막혀 아무 말도 할 수 없었어. 병풍 뒤에 몸을 감추
고 다른 사람이 알까 봐 겁이 날 뿐이었어.

자세한 사연을 들은 자연은 들을수록 비통한 일이라고 생각하며 동
정의 눈물을 흘렸지요.

어느 날, 자연이 비밀스럽게 다가와 저에게 말했습니다.

"궁중 사람들은 매년 추석이면 궁 밖으로 나가 빨래를 하는 행사를
하지 않니? 그러니 그 때 다른 핑계를 대고 무녀를 찾아가 보는 것이 어
떨까?"

저는 그 때부터 추석이 오기만을 기다렸습니다.

바람 앞의 촛불

드디어 추석 날이 되었습니다.

우리는 사람들과 떨어져 하인에게 말했지요.

"동문 밖에 영험한 무녀가 있다 하니, 거기서 병을 진찰하고 곧 여러

사람 있는 곳으로 가겠다."

그런 후 급히 무녀에게 가서 사정을 말하고 김 진사를 불러 달라고 애원했답니다.

무녀가 사람을 보내 진사를 부르자 진사는 죽을 둥 살 둥 뛰어왔지요.

사랑하는 두 사람이 서로 만나니 가슴이 막혀 아무 말도 나오지 않고 다만 서로를 붙들고 눈물만 흘릴 뿐이었습니다.

저는 왼손에 끼었던 금가락지를 빼어 진사의 품에 넣어 주었습니다.

"죽음으로 맹세하고 소녀의 굳은 마음을 이 가락지로 표하여 바칩니다."

그런 후 진사와 눈물로 헤어지고 급히 일행들에게 돌아갔지요.

그 날부터 진사는 저를 만나기 위해 몰래 궁을 드나들기 시작했습니다. 궁인들은 발자취를 보고 그가 출입하는 것을 알게 되었고 곧 소문이 퍼져 나갔지요.

저의 운명은 바람 앞의 촛불이었어요.

진사도 그것을 알고 깊은 고민에 빠져 있을 때 하인 특이가 다가와 속삭였습니다.

"운영 아씨를 데리고 달아나세요. 제가 돕겠습니다."

그 날부터 특이가 저의 물건을 밖으로 날라 궁을 빠져나갈 수 있도록 준비했지요. 매일 밤 조금씩 금은보화를 특이에게 건네주어, 칠 일이 되자 모두 밖으로 나르게 되었습니다.

이제 제가 궁에서 빠져나가기만 하면 되는 것이었습니다.

이 때 특이가 다시,

무녀(巫女) 여자 무당

"이런 보물을 산같이 쌓아 놓으면 대군에게 의심을 받을 것이고, 소인의 집에 두면 이웃사람에게 또한 의혹을 받을 것이니, 이것을 산속 깊이 파묻어 두는 것이 좋지 않겠습니까?"

사실 특이는 재물을 빼돌려 차지하려는 속셈이었습니다.

세상일을 알지 못하는 진사는 조금도 의심하지 않고 그렇게 하도록 하였습니다.

어느 날 밤, 진사께서 제가 머물고 있는 서궁으로 급히 숨어 들어와 말했습니다.

"이제는 달아나지 않으면 안 되겠습니다. 대군께서 어제 내가 지은 시의 뜻을 의심하고 있습니다. 지금 가지 않으면 어찌될지 모르겠습니다."

놀란 저는 자연에게 이 일을 이야기했지요. ☆ 김 진사까지 대군의 의심을 받으며,
위기감은 점점 고조된다.

자연은 크게 반대하며,

"담을 넘어 도망가다니 안 될 말이야! 하늘로 솟거나 땅으로 꺼지지 않는 이상 도망간들 어디로 간단 말이니? 차라리 병을 핑계로 하는 것이 좋겠어. 그러면 대군께서도 네가 고향으로 돌아가는 것을 반드시 허락하실 거야."

진사는 일이 이루어지지 못할 것을 알고 한탄하며 눈물을 머금고 집으로 돌아갔지요.

며칠 후 대군께서 서궁으로 나와 우리들에게 시를 지으라고 명하셨습니다.

대군께서는 우리의 실력이 날로 발전함을 가상히 여기셨으나, 저에게는 이렇게 말했습니다.

"운영의 시에는 누구를 생각하는 뜻이 보인다. 전에
도 그러한 것을 유의해 보았는데 지금 또 그런 뜻을 읽
었다. 김 진사의 시에도 그러한 뜻이 있으니, 운영이
너는 김 진사와 몰래 만나는 것이 아니냐? 바른 대로
말하라."

저는 뜰에 내려가 울었습니다.

"대군께서 처음 의심하셨을 때 그러한 일이 없다고 변명하였습니다.
아직 나이 어려 죽는 것이 원통하여 구차히 살기를 생각하다가 지금 또
의혹을 받으니 이제 한 번 죽음을 아끼지 않으려 합니다."

이 때 자연이 나아가 대군 앞에 엎드려 호소했습니다.

"운영은 아무런 죄도 없습니다. 오늘부터 저희들은 붓을 놓고 글짓
기를 전폐하겠습니다." 다른 궁녀들이 매우 강경하게 운영을 지키려 하고
있다. 그들의 우정과 응원하는 마음을 읽을 수 있다.

대군께서는 불같이 화를 내셨으나, 가엾이 여기시는 마음에 저를 살
려 주었습니다.

그 날 밤 진사가 궁에 들어왔으나 저는 병이 들어 일어나지 못하고,
자연에게 대신 편지를 건네주도록 하였습니다.

진사는 편지를 든 채 우두커니 서 있다가 눈물을 흘리고 나가셨습
니다.

자연은 그 모습을 차마 볼 수 없어 기둥에 몸을 숨기고 눈물을 흘리
며 지켜보았답니다.

진사가 집으로 돌아가 편지를 보니,

'낭군이시여, 장원급제하여 이름을 후세에 떨치시어 부모님께 효를

다하시옵소서. 저의 재물은 모두 팔아 정성을 다해 불공을 드려 주신다면, 우리의 인연 다음 생에 이뤄질까 하나이다.'

구절 구절이 모두 죽음을 각오하는 그 글을 보고 진사는 그대로 기절하고 말았습니다.

어느 날, 특이가 스스로 자기 옷을 찢고 자기 코를 때려 피를 흘리며 머리를 풀어헤친 뒤 맨발로 진사의 집으로 뛰어 들어와 뜰에서 울었습니다.

"강도에게 당했습니다! 아이고, 숨이 끊어지는 것 같아요."

진사는 이 말을 의심치 않고 특이에게 약을 주며 보살펴 주었지요.

며칠 후 특이가 일어나 말했습니다.

"참으로 두려운 일을 당했습니다. 혼자 산속에서 재물을 지키고 있는데 산적에게 습격당해 곤장으로 얻어맞다가 겨우 목숨만 도망해 왔습니다. 재물을 모두 빼앗겼으니 진사님 뵐 면목이 없습니다."

특이는 발을 구르며 주먹으로 가슴을 치고 통곡했습니다. 진사는 이일을 부모님이 알아서는 안 되겠기에 특이를 위로하여 보냈습니다.

후에 특이의 간악한 꾀를 눈치 챘을 때에는 이미 늦어 있었습니다.

진사가 장정 수십 명을 데리고 특이의 집을 습격했으나, 특이의 집에는 금깍찌 한 짝과 보경 하나만 남아 있을 뿐이었습니다.

진사는 그것을 관아에 보여 고발하고 싶어도 그럴 수 없었지요. 그러면 모든 사실이 드러나게 되기 때문이에요.

진사는 할 수 없이 그대로 집으로 돌아갔습니다.

특이는 모든 것이 탄로나자 도망갈 궁리를 하며 장님에게 가서 점을 쳐 보았습니다.

"내가 궁담 밑을 지나가는데, 담을 넘으려는 자가 있기에 도적이라고 고함치고 쫓아갔더니 그가 가진 것을 모두 내던지고 달아나지 않겠소? 내가 그것을 가지고 돌아와 주인이 돌아오기를 기다리고 있었더니, 주인이 그것을 다 빼앗고 또 무엇이 있는 게 틀림없다며 나를 죽이려 들겠지요. 이러니 내가 달아나야 살 수 있겠소?"

장님이 흥분하여 물었지요.

"너의 주인은 어떤 사람이냐? 하인을 학대하는 것도 법에 있다."

특이는 자세히 말하였습니다.

이 일이 곧 소문이 나서 대군의 귀에까지 들어가고 말았습니다.

애달픈 마음

대군께서는 매우 노하셔서 서궁 궁녀들을 잡아다 뜰에 꿇리고 문초하였습니다.

우리는 **큰칼**을 쓴 채 울면서 하소연했습니다.

은섬이 죽음을 무릅쓰고 말했지요.

"남녀의 사랑은 음양의 이치요, 상하 귀천 없이 자연스러운 감정이옵니다. 하오나 저희는 궁으로 들어와 외로움이 뼈에 사무쳤습니다. 다만 대군의 위엄을 두려워하여 청춘을 썩이고 죽어 갈 뿐이온데, 지금 아무 죄 없이 저희들을 벌하시니 죽어도 눈을 감지 못하겠나이다."

초등필수
단어장

불공(佛供) 부처에게 절하고 기도하는 일
보경(寶鏡) 보배롭고 귀중한 거울
큰칼 중죄인의 목에 씌우던 형구

이어서 비취가,

"대군의 은혜는 산보다 높고 바다보다 깊습니다. 그러나 저희는 다만 두려운 마음에 글을 벗 삼고 노래를 벗 삼아 살아가옵니다. 그런데 저희들에게 죄가 있다 하시니, 다만 속히 죽기를 바랄 뿐입니다."

다음에 자연이,

"김 진사를 내당에 들어오게 하신 것은 대군이십니다. 운영을 시켜 진사의 곁에서 벼루를 받들게 하신 것도 대군이십니다. 운영은 깊은 궁궐 속 한 많은 여인으로, 아름다운 청년을 보고 상심하여 이제는 아침 이슬같이 사라져 가고 있습니다. 점점 죽음에 다가가는 운영에게 김 진사를 만나게 해 주신다면 두 사람의 한이 풀릴 것입니다. 그리한다면 대군의 커다란 은혜로 생각하겠나이다. 그리고 전날 운영의 절개를 꺾게 한 죄는 저에게 있습니다. 운영에게는 죄가 없으니 운영을 살려 주시기를 바라옵니다."

그리고 제가 말했습니다.

"주군의 은혜는 산 같으며 바다와도 같습니다. 그럼에도 불구하고 정절을 지키지 못한 것이 저의 첫 번째 죄요, 두 번이나 주군께서 저의 글을 의심하실 때 진실을 아뢰지 못한 것이 두 번째 죄요, 서궁의 무죄한 사람들이 저로 인해 죄를 입게 한 것이 세 번째 죄입니다. 이 세 가지 큰 죄를 짓고 어찌 얼굴을 들 수 있겠나이까. 저는 죽음밖에는 다른 길이 없습니다."

대군께서 자연의 말에 마음이 흔들렸음을 알고 소

운영의 사랑을 응원하는 사람들

궁녀가 궁궐 밖의 남자를 만나 사랑을 나누는 것은 엄격하게 금지되어 있었다. 뿐만 아니라 당시에는 평범한 여인들도 자유롭게 연애를 할 수 없었다. 궁녀들이 죽음을 무릅쓰고 자신들도 똑같은 사람이며, 사랑은 사람의 자연스러운 감정이라고 주장하는 것은 인간의 본성을 억압하는 사회의 장벽에 대한 저항이다. 소설을 통해서나마 그런 저항이 이루어지고 독자들에게 환영받고 있었던 것이다.

내당(內堂) 여인이 생활하는 안방

옥이 다시 꿇어앉아 눈물로 하소연했습니다.

"저도 운영이 굳은 절개를 꺾도록 도왔으니, 죄는 저에게 있습니다. 부디 운영의 목숨을 살려 주오소서."

대군께서는 노여움이 가라앉으시어 저를 별실에 가두고 나머지 궁녀들을 모두 풀어 주었습니다.

그러나 그 날 밤, 저는 비단 수건으로 목을 매어 목숨을 끊었습니다.

옛 궁에는 주인이 없고

진사는 붓을 잡아 기록하고 운영은 옛일을 이야기하는데 매우 자상하였다. ★ 그들의 이야기가 끝나고, 유영과 마주 앉아 있던 처음 장면으로 돌아온다. 이미 수성궁은 인적 없는 빈 궁이 되었으니, 유영이 만난 이들은 운영과 진사의 귀신임을 알 수 있을 것이다.

두 사람은 마주 보고 슬픔을 참지 못하다가 운영이 진사를 보고 말했다.

"이제부터 다음 이야기는 낭군님께서 하옵소서."

이에 진사가 이야기를 시작했다.

"운영이 자결한 후 모든 궁인들이 통곡하지 않은 이가 없었습니다. 저는 부처님께 불공을 드리겠다는 약속을 저버릴 수 없어 금팔찌와 보경을 다 팔아 쌀 사십 석을 사서 청녕사로 보냈습니다. 그리고 그 후로 세상 일에 뜻이 없어 새 옷을 갈아입고 고요한 곳에 누워 나흘을 먹지 않았습니다. 그리하여 마지막으로 한 번 탄식한 후 다시는 일어나지 못할 몸이 되고 말았습니다."

여기까지 이야기하고 두 사람은 붓을 던지고 마주 보고 슬피 울며 그

칠 줄을 몰랐다.

김 진사가 말했다.

"대군의 옛 궁에 주인이 없고 인적이 끊어진 것을 보니 더욱 슬픕니다. 전쟁에 모든 것이 재가 되고 담장이 무너져 풀만 우거지니, 변하기 쉬운 인간사가 슬픈 정회를 돋우는구려."

그리고 진사는 운영에게 몸을 기대어 조용히 시를 읊었다.

유영이 산새 우는 소리에 깨어 주위를 둘러보니, 구름과 안개가 성 안에 자욱하고 달빛은 멀리서 희미했다.

유영은 책을 소매에 넣고 집으로 돌아왔다.

짧은 글 짓기

1 교교히

2 자애

3 깁

4 시제

5 한담

이해력을 길러요

1 유영은 김 진사와 운영을 어떻게 만나게 되었나요?

2 이 소설은 한 이야기 안에 다른 이야기가 포함된 액자 구성을 취하고 있습니다. 다음 표
를 채우며 내용을 정리해 보세요.

외부 이야기
등장인물과 내용 :
내부 이야기
등장인물과 내용 :

사고력을 길러요

1 소설의 처음과 끝에서 수성궁은 어떤 분위기를 전해 주고 있나요?

_____

_____

_____

_____

2 '운영전'의 결말을 '춘향전'과 비교해 보고 어떤 차이점이 있는지 정리해 보세요.

	춘향전	운영전
주제	남녀의 사랑	남녀의 사랑
결말	이몽룡과 성춘향이 신분을 뛰어넘어 사랑을 이룸	

1 고전 소설에는 착한 사람이 복을 받고 나쁜 사람이 벌을 받게 되는 결말이 많습니다. '흥
   부놀부전'이나 앞에서 읽은 '사씨남정기'도 그렇지요. '운영전'은 이러한 고전 소설들과 어
   떻게 다른지 생각하여 말해 봅시다.

   _____

   _____

   _____

   _____

2 운영의 금지된 사랑처럼, 사회의 정해진 규율과 개인의 자유가 대립될 때가 있습니다. 이
   를 어떻게 조화시켜야 할까요? 여러분의 경험에서 한 예를 찾아 자신의 의견을 밝혀 보
   세요.

   _____

   _____

   _____

   _____

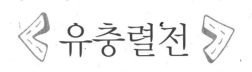

유충렬전

작자미상

교과서에도 있어요.

고등 국어 하 [비상, 신사고]

줄거리를 읽어 봐요

　　유충렬의 아버지는 간신의 모함으로 유배를 갔습니다. 충렬은 어머니와 헤어지고 바다에 떨어졌으나 구사일생으로 살아나 혼자 떠돌아다니며 목숨을 부지했습니다. 이 때 나라는 간신이 들끓어 외적의 침략을 받게 됩니다. 외딴 절에서 지내던 충렬은 노승의 도움으로 천상의 무기와 천사마를 얻고 외적을 물리치러 달려갑니다. 황제가 옥새를 내놓고 항복하려던 찰나 충렬이 나타나 적을 무찌릅니다. 그러나 도사의 도움을 받는 간신 정한담은 충렬의 손아귀를 벗어나고, 충렬을 다른 곳으로 유인한 후 궁궐을 급습해 옵니다. 충렬은 다시 천사마를 몰아 황제를 구하고 정한담을 잡아들입니다. 충렬은 황후와 태자를 구하고 유배 간 아버지를 구해 돌아옵니다. 충렬이 돌아오자 온 백성이 나와 환영합니다. 충렬은 그 후로 쭉 황제 곁을 지키며 보필했습니다.

이것만은 꼭 알고 가자!!

'유충렬전(劉忠烈傳)'은 전형적인 군담 소설이자 영웅 소설입니다. 임진왜란과 병자호란을 겪으며 조선 후기에는 군담 소설이 크게 유행하였습니다. 영웅이 나타나 나라를 구하고 평화를 되찾는다는 내용의 이러한 군담 소설은 전쟁에 유린된 민중들의 마음을 다소 위로해 주었습니다.

'유충렬전'은 지은이가 알려져 있지 않습니다. 쓰인 시기는 조선 후기일 것이라 짐작되고 있습니다. '유충렬전'은 40종 이상의 이본이 존재합니다. 이것은 거듭해서 인쇄되었다는 뜻이고, 그만큼 큰 인기를 끌었음을 말해 줍니다.

'유충렬전'은 본래 장편 소설이며 유충렬의 신비로운 탄생과 모험담이 장엄하게 펼쳐집니다. 지금 우리가 재미있는 판타지 소설을 읽듯 두꺼운 서책을 손에 들고 푹 빠져 시간 가는 줄 모르며, 주인공과 함께 가슴 졸이고 주인공의 승리에 탄성을 지르며 통쾌해하는 옛 소년의 모습을 상상해 봅시다. 소설을 통해 현실을 잊고 즐거움을 얻는 것은 옛 사람들도 마찬가지였던 것입니다.

유충렬전

☆ 명나라는 중국의 옛 나라.
이 소설은 중국을 배경으로 하고 있다.

명나라에 유심이라는 충직한 신하가 있었다.

그는 개국 공신의 자손이며, 정직하고 성격이 민첩했다.

유심은 남악 형산에서 정성껏 제사를 올린 후 늦은 나이에 아들을 얻었는데, 아기의 모습이 태어날 때부터 웅장하고 기이했다.

얼굴에서는 빛이 나고, 북두칠성 맑은 별이 두 팔뚝에 박혀 있으며, 뚜렷한 대장성이 앞가슴에 박혔고 삼태성이 등 위에 떠 있는데, 황금색 글씨로 뚜렷하게,

☆ 큰곰자리에 있는, 자미성(황제와 운명을
같이한다고 여긴 별)을 지키는 별

"대 명나라 대장군"

이라고 박혀 있었다.

아이의 이름은 '충렬'이라 했다.

충렬은 이제 겨우 일곱 살이 되었지만 골격이 빼어나고 매우 총명하였다. 글씨며, 문장이며, 무예가 누구에게도 뒤지지 않았다.

말 달리기와 칼 쓰는 솜씨는 천신도 당하지 못할 정도였다.

이 때 조정에는 간악한 두 신하가 있었다. 하나는 정한담, 또 하나는 최일귀라는 자였다. 그들은 벼슬이 높고 성질이 포악하여 마음속에 늘 황제에게 반역할 생각을 품고 있었다.

어느 날 그들이 황제에게 가서 말했다.

"토번과 가달이 우리나라에 조공을 바치지 않고 있습니다. 저희가 군사를 몰고 가 그들의 항복을 받아 오겠나이다."

황제는 기뻐하며 허락하였다.

그러나 한담과 일귀의 검은 속내를 알고 있는 유심은 염려스러운 마음이 들었다.

"폐하, 어찌 허락하셨습니까? 왕실은 미약하고 외적은 강하니, 이는 자는 범을 찌르는 것과 같고 드는 토끼를 놓치는 것입니다. 한낱 새알이 어찌 천 근의 무게를 견디겠습니까? 가련한 백성들이 전쟁에 나가 무수한 목숨을 잃게 될 것이니 부디 군사를 일으키지 마시옵소서."

황제가 그 말을 듣고 고민에 빠지자 한담과 일귀가 다시 다가와 말했다.

"유심은 우리나라를 저버리고 도적놈만 칭찬하여, 개미 무리를 대국에 비하고 한낱 새알을 폐하께 비하니, 유심이야말로 간신이요 역적입니다. 유심이 오랑캐 나라를 치지 못하게 하는 것은 그들과 내통하고 있기 때문입니다."

그들의 말을 곧이들은 황제는 유심을 멀리 북쪽 지방으로 유배하라는 명을 내렸다.

뿔뿔이 흩어진 가족

유배지로 떠나기 전에 유심은 충렬에게 자신의 **죽도**를 끌러 주며 당부하였다.

"어머니를 모시고 무사히 지내고, 봄풀이 푸르거든 다시 만날 줄 알아라. 부자의 표시로 이 칼을 잘 간수하여라."

유심이 유배지에 도달했을 때는 겨울이었다. 온 땅에 흰 눈이 쌓여 있고 오고 가는 사람도 드물었다.

유심은 찬 바람 부는 방 안에서 적막한 하루하루를 보냈다.

정한담과 최일귀는 유심을 유배 보낸 후 이번에는 황제를 몰아낼 궁리를 하였다.

그들은 도사를 찾아가 물었다.

"이제 우리를 방해하던 유심도 멀리 쫓아 버렸으니

초등필수
단어장

조공(朝貢) 종속국이 때를 맞추어 예물을 바치던 일
죽도(竹刀) 대나무로 만든 칼

군사를 일으켜 황제를 내쫓는다면 우리 뜻을 이룰 수 있겠습니까?"

도사는 밖으로 나가 천기를 자세히 살펴보고 돌아와서 이렇게 말했다.

"요사이 밤마다 살펴보니 도성에 두려운 일이 있습니다. 삼태성이 유심의 집을 비추고 있으니, 그 곳에 신기한 영웅이 살아 있는 것이오."

이 말을 들은 한담이 일귀에게 말했다.

☆ 충렬의 등에 삼태성이 박혀 있었음을 기억하자.

"내 생각에, 유심이 몇 년 전 형산에서 빌어 자식을 얻었다 하니, 도사가 말하는 영웅이 유심의 아들인 것 같소."

일귀가 말했다.

"그렇다면 유심의 집을 몰락시켜 후환을 없애는 것이 좋겠소."

그 날 밤, 그들은 나졸 십여 명을 유심의 집으로 보냈다. 나졸들은 유심의 집을 둘러싸 화약을 묻어 놓고 일시에 불을 지르기로 하였다.

이 때 부인은 충렬을 데리고 한숨으로 지내다가 한밤중에 지쳐 잠이 들어 있었다.

그런데 꿈속에서 한 노인이 나타나 붉은 부채를 주며 말했다.

"오늘 **삼경**에 큰 변이 있을 것이니, 이 부채를 가지고 있다가 불이 나거든 흔들며 후원 담장 밑에 몸을 숨기시오. 그리고 인적이 사라지면 충렬만 데리고서 남쪽으로 도망가시오."

부인이 놀라 깨어 보니 충렬은 옆에서 깊이 잠들어 있고 붉은 부채 하나가 머리맡에 놓여 있었다.

부인은 부채를 손에 들고 충렬을 깨워 앉히고는 잠을 이루지 못하고 노인이 말한 때를 기다렸다.

삼경이 되자 사방에서 불이 일며 커다란 집이 불길에 무너져 내렸다.

부인은 충렬의 손을 잡고 부채를 흔들면서 담장 밑에 숨어들었다.

사경이 되자 인적이 고요해지고 대문 밖에 두 명의 군사만이 집을 지키고 서 있었다.

부인은 담장 밑을 배회하다가 물이 나가는 수챗구멍을 발견하고는 충렬의 옷을 잡고 구멍으로 기어 나가게 하였다.

충렬과 부인의 몸은 날카로운 돌에 긁혀 여기저기 피가 맺히고 얼굴은 진흙 빛이 되었다.

부인은 충렬을 앞에 안고 사잇길로 나오며 남쪽을 향해 도망쳤다.

이윽고 어느 산에 다다라 주위를 살펴보니, 그 곳은 바로 남악 형산
이었다.

부인은 슬픔을 참지 못하여 충렬을 붙들고 통곡하였다.

"이 산을 아느냐? 칠 년 전에 이 산에 와서 빌고 너를 낳았는데 이
지경이 되었구나. 너의 부친은 어디 가고 이런 변을 모르는고. 이 산
을 보니 네 부친을 본 듯하다."

충렬은 어머니의 손을 잡고 울며 위로하였다.

충렬을 앞세우고 길을 재촉하여 회수 가에 다다랐을 때는 이미 날
이 저물고 있었다.

중국의 큰 강 이름. 이 소설은 중국의
유명한 지역들을 배경으로 삼고 있다.

바다 위를 바라보니 고기잡이 배가 안개에 싸여 있고, 가
는 비가 내리는 중에 어부들의 피리 소리만 구슬프게
들려왔다.

슬픈 마음을 진정하고 물가를 따라 걸어 보
았지만 건널 배가 없었다.

이 때 정한담과 최일귀는 유심의 집이 모두 불에 탄 것을 확인하고 도사에게 다시 물었다.

"전에 도사께서 영웅이 있다며 근심하였는데, 이제도 그러한지 다시 보십시오."

도사는 밖에 나가 천기를 살펴보고 방으로 돌아와 말했다.

"이제는 삼태성이 변양 회수에 비쳤으니 그 일이 수상하오. 유심의 가족들이 도망할 곳을 찾아 회수로 갔는가 싶소."

한담은 충렬이 정말 영웅이라면 불길 속에서 살아나는 것도 이상한 일이 아니라고 생각하며 날랜 군사 다섯 명을 뽑아 분부했다.

"너희는 빨리 변양 회수로 가서 어떤 여인이 어린 아이를 데리고 물을 건너려고 하거든 즉시 붙잡아 물속으로 집어넣어라."

군사들이 말을 달려 회수에 당도하니 과연 물가에서 한 여인이 울고 있었다.

그들은 뱃사공을 시켜 여인과 아이를 배에 싣게 하였다.

"내가 시킨 대로만 하면 후한 상금을 주겠다."

뱃사공은 부인에게 다가가 말했다.

"어디로 가는 부인이오? 내 배를 태워 주겠소."

건널 배가 없어 주저하던 부인은 기뻐하며 충렬을 데리고 그의 배에 올라탔다.

배가 뭍을 떠나 얼마를 흘러가는데 갑자기 사방에서 해적이 달려들어 부인을 잡아매고 순식간에 충렬을 물속으로 내던졌다.

고난받는 영웅
적들은 충렬과 그의 가족을 잔인하게 해친다. 영웅으로 태어나 어릴 적에 고난을 받는 것은 영웅 소설의 전형적인 특징이지만 '유충렬전'은 다른 영웅 소설에 비해 주인공이 고난받는 과정이 매우 자세히 그려져 있다. 이는 전쟁을 겪은 사람들의 감정이 반영된 것이라 짐작된다.

부인은 결박당한 채 충렬의 이름을 부르짖었으나 물속으로 사라진 아이는 대답이 없었다.

아이를 따라 물에 빠지려 해도 큼직한 배 닻줄로 몸을 얽어 매었으니 빠져나갈 수가 없었다.

배가 뭍에 닿자 도적들은 부인을 끌고 가 큰 굴방에 가두었다.

부인이 정신을 차리고 사방을 둘러보니 선반 위에 이상한 옥함이 하나 놓여 있는데 앞면에 황금으로 뚜렷이 새겨져 있는 글씨가 있었다.

'대 명나라 대장군 유충렬이 이 상자를 열라.'

부인은 매우 놀라,

"세상에 충렬과 성과 이름이 같은 사람이 또 있단 말인가? 내 아들 충렬의 것이라면 어찌 이 곳에 있는가?"

부인은 옥함을 깊이 싸 가지고 인적이 고요한 틈을 타 굴방을 도망쳤다. 북두칠성을 바라보고 내달리다 날이 밝으면 주막에 들어가 아침을 빌어먹고 또 종일토록 걸었다.

부인은 어느 산속에 이르렀다.

백옥 같은 손과 발로 험악한 산을 헤쳐 들어가자니 모진 돌에 채이고 모진 나무에 채여 열 발가락 중 하나도 성한 데가 없었다.

기운이 다한 부인은 주저앉아 슬피 울었다.

"차라리 이 곳에서 죽어 백골이나마 고향으로 흘러가련다."

부인은 짐을 끌러 옥함을 내놓고 비단 수건에 주홍 글자를 써 넣었다.

'유충렬의 어미 장씨는 옥함을 내 아들 충렬에게 전하노라. 죽은 넋이라도 받아 보라.'

부인은 비단 수건으로 옥함을 매어 물 속에 던지고, 치마를 뒤집어쓰고 몸을 던지려 하였다.

이 때 골짜기 사이에서 물을 긷던 여인이 급히 내려와 부인을 말리며,

"부인은 무슨 일로 이러하십니까? 어떤 사연인지는 모르나 제 집으로 가십시오."

하고 부인을 위로하며 집으로 데려갔다.

부인이 방으로 들어가 보니 벽에는 **갈건야복**이 정갈하게 걸려 있고 만 권의 서책이 놓여 있었다.

주인인 이 처사가 부인을 위로했다.

"마음을 진정하고 이 곳에서 편히 쉬십시오."

부인은 마음이 놓여 그 동안의 사정을 이야기했다.

이 처사는 놀라서 부인을 바라보며 외쳤다.

"유 숙부의 부인이십니까? 이별한 지 오래되어 그 동안 소식을 몰랐으니, 일이 이 지경이 될 줄 어찌 알았겠습니까."

이 처사는 부인의 거처를 마련하여 편안히 지내도록 하였다.

부인은 가슴속 한을 잊지 못한 채 세월을 보냈다.

한편 충렬은 어머니와 헤어진 후 물에 빠져 허우적대다가 문득 두 발이 땅에 닿아 자세히 살펴보니 물 속 큰 바위였다.

충렬은 그 위에 올라 하늘을 우러러보며 간절히 어머니를 불렀다.

> **닻줄** 닻을 매단 줄
> **옥함(玉函)** 옥으로 만든 함
> **백골(白骨)** 죽은 사람의 몸이 썩고 남은 뼈
> **갈건야복(葛巾野服)** 갈건과 베옷이라는 뜻으로, 벼슬을 하지 않고 초야에 묻혀 사는 선비의 거칠고 소박한 옷차림을 이르는 말

그러나 사방에서 들려오는 것은 물소리뿐이었다.

"어머니! 어머니!"

이 때 남경 장사꾼들이 회수를 건너다가 그 소리를 들었다.

그들이 물길을 따라 나아가는데 문득 바람 속에 처량한 울음소리가 묻어오는 것이었다.

선원들은 이상하게 여기고 울음소리 들리는 곳으로 배를 저어 갔다.

과연 한 동자가 물속에서 슬피 울고 있었다.

그들은 동자를 배 위로 건져 올렸다.

"물 위에서 해적을 만나 어미를 잃었습니다."

선원들은 충렬을 불쌍히 여기며 뭍으로 데려다 주었다.

이 때부터 어린 충렬은 정처 없이 세상을 떠돌아다니기 시작했다.

밥을 빌고 곳곳에서 잠을 얻어 자니 얼굴은 점점 해쓱해지고 행색은 초라해졌다. 가슴에 새겨져 있는 대장성은 때 속에 묻혔고, 등 위의 삼태성은 헌 옷 속에 묻혀 마치 걸인처럼 보였다.

세월은 흘러 충렬의 나이는 어느덧 열넷이 되었다.

이 때 영릉 땅에 강희주라 하는 옛 재상이 살고 있었는데 어느 날 주막에서 잠이 들었다가 이상한 꿈을 꾸었다.

비몽사몽간에 보니 오색구름이 멱라수에 어리어 있고 청룡이 물 속으로 빠지려 하며 하늘을 향해 통곡하고 있었다.

중국에 있는 강. 문장이 뛰어난 굴원이 간신의 참소를 받고 뛰어들어 자결한 곳으로 유명하다.

강희주는 날이 새기를 기다려 멱라수로 달려갔다.

과연 그 곳에서 한 소년이 물가에 앉아 울고 있었다.

강희주는 소년의 손을 잡고 물었다.

"너는 어떠한 아이인데 이 곳에 와 울고 있느냐?"

충렬은 울음을 그치고 전후 사정을 모두 이야기했다.

강희주가 충렬을 집으로 데려가자 부인 소씨는,

"네가 장 부인의 아들이냐? 부인이 늦도록 자식이 없어 나와 함께 매일 한탄하였는데, 장 부인은 어찌하여 저러한 아들을 두었다가 영화를 보지 못하고 하늘로 떠났느냐. 간신이 들끓어 충신이 다 죽으니 나라가 무사하겠느냐. 너는 다른 데 가지 말고 내 집에서 살아라."

하며 반겨 주었다.

그들은 충렬을 자식같이 기르며 점점 애정이 깊어 갔다.

마침 부부에게는 어여쁜 딸이 있어 충렬을 딸과 혼인시키고 사위로 삼았다.

세월은 흘러 충렬의 나이 십오 세가 되었다.

강희주는 현명한 사위를 얻어 말년에 아무 근심이 없었으나, 다만 충신인 유심이 간신의 모략을 당한 것이 못내 안타까웠다.

강희주는 유심의 원을 풀어 주고자 나라에 상소를 올렸다.

그러나 황제는 크게 노하여 오히려 강희주를 유배 보내고 그 가족을 모두 궁노비로 삼으라 명령했다.

강희주는 급히 집으로 편지를 띄웠다.

"충렬은 급히 집을 떠나 환란을 면하고, 훗날 가족들을 구하라."

충렬이 집을 떠난 며칠 후 군사가 내려와 부인과 강 낭자를 잡아 수레에 싣고, 집은 모두 헐어 버렸다. ☆ 충렬은 이렇게 새로운 가족마저 잃고 만다.

나라는 점점 기울어 사방에서 오랑캐들이 일어나 넘보았다. 백성들은 뜻밖에 난리를 만나 사방으로 피란하였다.

정한담과 최일귀는 이 소식을 듣고 기뻐하며 급히 별당으로 들어가 도사를 만났다.

도사는 문으로 나서 천기를 살핀 후 이렇게 말했다.

"신기한 영웅이 이제 죽었으며 때맞춰 도적이 일어났으니 그대가 천하를 얻을 운세입니다."

한담은 매우 기뻐하며 일귀와 함께 궐 안으로 들어가 황제를 뵈었다.

"저희들이 나아가 오랑캐를 무찌르고 황제의 근심을 덜겠나이다."

황제는 매우 기뻐하며 두 간신에게 군사를 내주었다.

그들은 군사 오천씩을 거느리고 행군하여 갔다.

"적군과 동맹하여 이 군사를 몰고 가 황제를 치자."

그들은 적장을 만나 힘을 합치기로 약속하고 곧 군사를 돌려 도성으로 향했다. 이 소식을 전해 들은 황제는 너무도 분하여 용상 밑으로 떨어져 발을 굴렀다.

곧 정한담과 최일귀의 군대가 들이닥쳤으나 황제의 군대는 그들을 막아 낼 수 없었다. 나가는 장수마다 목이 떨어져 돌아오고, 죽은 군사들의 수를 셀 수가 없었다.

당해 낼 수 없음을 안 태자는 황제를 모시고 금산성으로 달아났다.

황제는 옥새를 땅에 놓고 금산성이 떠나가게 통곡하였다.

"짐이 어리석어 사백 년 왕조를 한순간 잃게 되니, 돌아가신 조상들을 어찌 보며, 어찌 살아남아 오랑캐에게 무릎을 꿇겠는가."

★ 무능력한 황제의 모습이 계속 표현되고 있다. 이 소설에서 황제는 계속 용상에서 굴러 떨어지거나, 도망가거나, 통곡한다.

황제가 도망치고 도성이 텅 비자 한담은 의기양양하게 궁궐로 들어가 용상에 높이 앉았다.

천사마를 얻은 충렬

이 때 충렬은 백룡사 노승으로부터 무예를 연마하며 가족들을 되찾을 날을 기다리고 있었다.

밤중에 노승이 일어나 밖에 나갔다 들어오며 충렬을 불렀다.

"오늘 천문을 보았습니까?"

충렬이 놀라 급히 나가 보니 황제의 별 자미성이 떨어지고 도성 쪽에 살기가 가득했다.

방으로 들어와 한숨짓고 눈물을 흘리니 노승이 말했다.

"서울에 변란이 일어났지만 산중에 피해 있는 사람이 무슨 근심이 있겠습니까?"

충렬이 울며 말했다.

> ☆ 충렬의 충성심이 엿보인다. 충렬의 이름에 이미 '충성할 충(忠)' 자가 들어 있다. 이 소설은 유교 윤리인 '충'과 '효'를 곳곳에서 드러낸다.

"소생은 대대로 나라의 은혜를 받은 신하이온데, 어찌 근심이 없겠습니까? 그러나 이 몸은 만 리 밖에 있으니 한탄한들 어찌하겠습니까."

노승이 웃으며 벽장을 열고 충렬 앞에 옥함을 내놓았다.

"이 옥함을 잡아 맨 수건이 어떤 사람의 것인지 자세히 보십시오."

초등필수 단어장

용상(龍床) 옛날에 임금이 나랏일을 볼 때 앉던 의자
옥새(玉璽) 옛날에 나랏일을 볼 때 쓰던 왕의 도장
노승(老僧) 나이가 많은 중
천문(天文) 우주와 천체에 얽힌 온갖 현상과 법칙
살기(殺氣) 죽일 듯이 무시무시한 기운이나 분위기

충렬이 옥함을 살펴보니,

'대장군 유충렬이 옥함을 열라.'

라고 새겨 있고 수건을 끌러 보니,

'충렬의 어미 장 부인이 내 아들 충렬에게 부치노라.'

라고 적혀 있었다.

충렬은 수건과 옥함을 붙들고 통곡했다.

노승이 말했다. ☆ 옥함의 출처도 신비롭다. 애초에 이 옥함은 회수에서 큰 거북이 지고 나온 것을 도둑이 제 집에 두었던 것이다. 그것을 충렬의 어머니가 가져다 물에 띄우고 노승이 발견한 것.

"소승이 몇 년 전 회수에 다다르니 기이한 오색구름이 수건에 덮여 있어, 급히 가 보니 물가에 이 옥함이 놓여 있더이다. 지금껏 임자를 주려고 간수하고 있었는데, 오늘 보니 그대의 전쟁 기계가 이 옥함 속에 있는 것 같소."

충렬은 옥함을 안고 외쳤다.

"이것이 충렬의 물건이라면, 이제 옥함이 열릴지라!"

옥함에는 갑옷과 투구 한 벌, 장검 하나와 책 한 권이 들어 있었다.

투구는 광채 찬란하며 그 속에 '일광주'라고 새겨져 있었다.

곁에 장검이 놓여 있는데 칼자루만 있을 뿐 칼 끝이 보이지 않아 이상했다.

충렬은 이상히 여기며 책을 펴고 칼 쓰는 법을 찾아보았다.

'갑옷과 투구를 갖춘 후 신화경 일 편을 보고 하늘 위의 대장성을 세 번 보면 칼이 저절로 펴져 변화무궁할 것이다.'

충렬이 그대로 따라 해 보니 십 척 장검이 번듯하게 펼쳐졌다.

한가운데는 대장성이 샛별같이 박혔고 금색 글씨로 '장성검'이라 새

202

겨져 있었다.

　노승이 또 말했다.

　"몇 년 전에 제가 서역에 갈 때 어미 잃은 망아지가 있어 데려와 마을 사람에게 맡겨 놓았습니다. 이제 그 말을 찾아 지체 말고 도성으로 가서 급히 나라를 구하십시오."

　충렬이 말을 찾으러 가니, 제 임자를 만난 천사마는 벽력 같은 소리를 내며 **토굴**을 건너 뛰어와 충렬에게 달려들어서는 충렬의 옷을 물고 몸을 비비며 반겼다.

　충렬이 매우 기뻐하며 주인에게 말을 사겠다고 하자 그가 웃으며 대답했다.

　"몇 년 전 스님께서 말을 맡기시며 '이 말을 길러 내어 임자를 찾아 주라.' 하시기에 맡아 길렀습니다. 그런데 말이 다 크자 도저히 잡을 길이 없어 토굴에 가두었지요. 사람들이 와서 구경하나 한 사람도 가까이 가지 못했는데, 지금 그대를 보고 제 스스로 다가가니 스님이 이르던 임자가 분명 그대로구려. 하늘이 주신 말을 어찌 판단 말입니까. 어서 가져가십시오."

　충렬은 곧바로 노승에게 하직하고 천사마에 올라탔다.

　도성을 바라보며 구름을 가리키고 천사마에게 이르기를,

　"하늘이 나를 내시고 용왕이 너를 낼 때, 그 뜻이 모두 다 나라를 구하려는 것이다. 이제 도성에 적이 들끓고 황제의 목숨이 **경각**에 달렸으니 나의 마음이 급하다. 너는 힘을 다하여 순식간에 도성에 도착하라."

장검(長劍) 옛날에 장수가 허리에 차던 긴 칼
토굴(土窟) 땅을 파서 굴과 같이 만든 큰 구덩이
경각(頃刻) 눈 깜빡할 사이. 또는 아주 위태로운 순간.

천사마는 하늘을 바라보며 벽력 같은 소리를 낸 후 구름을 헤쳐 나는 듯 뛰어갔다.

바람같이 도성에 다다르니 금산성 넓은 뜰에 살기 가득하고 도성 문 안에 곡성이 진동했다.

황제는 옥새를 가지고 궁을 도망쳐 나왔으나 적을 벗어날 길이 없었다. 그리하여 할 수 없이 옥새를 목에 걸고 항서를 손에 들고 항복하러 나오고 있었다.

곡성(哭聲) 사람이 죽은 것을 슬퍼
하며 크게 우는 소리
항서(降書) 항복을 인정하는 문서

충렬은 형세가 위급함을 보고 뛰어와 싸우기를 청하였다. ☆ 충렬은 가장 위태로운 순간에 황제와 나라를 구하러 나타난다.

한 장수가 충렬의 손을 잡으며 울었다.

"그대 충성은 지극하나 지금 황제께서 항복하려 하시고, 또한 적진의 형세가 저렇듯 대단하니, 그대 청춘이 전장 백골이 될 것이다."

충렬은 뿌리치며 밖으로 나가 벽력 같은 소리로 외쳤다.

"역적 정한담아! 유충렬을 아는가, 모르는가? 바삐 나와 목을 내놓아라!"

충렬의 소리에 양쪽 군대가 모두 놀라고 천지 강산이 진동하였다.

적의 장수가 놀라 돌아보니 천사마가 용이 되어 구름에 싸여 있고 공중에서 소리만 날 뿐 눈에는 보이지 않았다.

벽력 같은 소리 끝에 장성검이 번쩍하며 적장의 머리가 공중으로 날아갔다. ☆ 한칼에 적을 무찌르는 충렬

황제는 옥새를 목에 걸고 항서를 손에 들고 문 밖으로 나오다가 뜻밖에 호통 소리를 듣고 놀라 물었다.

"적장을 베던 장수의 이름이 무엇이냐? 바삐 불러들여라."

충렬이 말에서 내려 황제 앞에 엎드렸다.

"그대는 누구인데 죽을 사람을 살리는가?"

충렬은 저의 부친과 장인 강희주의 일을 애통해하며,

"저는 유심의 아들 충렬이온데, 만 리 밖에 있다가 아비 원수 갚으려고 여기 잠깐 왔사옵니다. 전날 정한담을 충신이라 하시더니, 충신도 역적이 되나이까? 그 놈의 말을 듣고 충신을 내치어 다 죽이고 이런 환란을 만나시니, 천지가 아득하고 해와 달은 빛을 감추었사옵니다."

충렬이 슬피 통곡하며 머리를 땅에 두드리니 산천초목도 슬퍼하며 눈물을 쏟지 않는 이가 없었다.

황제는 이 말을 듣고 후회막급하여 할 말을 잃고 우두커니 앉아 있었다.

태자가 달려와 충렬의 손을 붙잡았다.

"이것이 웬 말인가. 경은 그런 말 말고 충성을 다해 폐하를 도와 주시오. 그 은혜는 꼭 갚으리다."

충렬이 울음을 그치고 태자의 얼굴을 보니, 천자의 얼굴이며 성군이 될 기상이 엿보였다.

충렬은 투구를 벗어 땅에 놓고 황제 앞에 사죄하였다.

"소장이 아비의 일을 한탄하여 분한 마음에 그리 아뢰었으니 용서하소서. 목숨을 바쳐 폐하를 돕겠나이다."

황제는 충렬의 말을 듣고 친히 내려와 투구를 다시 씌워 주며 손을 잡았다.

"과인을 보지 말고 그대 선조가 나라를 세우던 일을 생각하여 이 나라를 구해 주오."

충렬이 황제의 명을 받들고 물러 나와 남은 군사들을 거두어 보니 불과 일이백 명이었다.

황제는 대장 사명기에 친히 '대 명나라 대장군 유충렬'이라고 뚜렷이 써서 내려 주었다. ☆ 이는 충렬이 태어날 때부터 몸에 새겨 있던 글씨와 일치한다. 충렬이 나라를 구하는 대장군이 되는 것은 이미 하늘이 정해 준 소명이었던 것.

충렬은 군사들에게 일자 장사진을 치게 하고 호령했다.

"남북 적병이 비록 억만 병이라도 나 혼자 당해 낼 것이니, 너희들은 진을 흐트러뜨리지 말라."

이 때 적군 대장 최일귀가 분기를 참지 못하고 소리질렀다.

"적장 유충렬은 어서 나와라!"

충렬은 함성을 지르며 달려 나갔다.

"정한담은 어디 가고 너만 어찌 나왔느냐? 너희 두 놈을 베어 부모님의 원수를 갚으리라!"

장성검이 번뜩이자 최일귀가 든 검이 산산조각 났다.

일귀가 놀라 철퇴를 번쩍 들어 치려 하나 충렬이 눈에 보이지 않고 허공만 휘두를 뿐이었다.

싸움을 보던 도사는 매우 놀라 급히 징을 쳐 군사를 거두었다.

최일귀는 진으로 돌아와 바로 정신을 잃고

초등필수
단어장

장인(丈人) 아내의 아버지
산천초목(山川草木) 산과 내와 풀과 나무라는 뜻으로, '자연'을 이르는 말
천자(天子) 하늘의 뜻을 받아 하늘을 대신하여 천하를 다스리는 사람이라는 뜻으로, 군주 국가의 최고 통치자를 이르는 말
성군(聖君) 백성을 잘 보살핀 훌륭한 임금
과인(寡人) 덕이 모자란 사람이라는 뜻으로, 옛날에 임금이 스스로 자기를 낮추어 이르던 말
선조(先祖) 먼 조상
사명기(司命旗) 조선 시대에, 장군이 휘하의 군대를 지휘하는 데에 쓰던 군기
장사진(長蛇陣) 예전의 병법에서, 한 줄로 길게 벌인 군진(軍陣)의 하나
철퇴(鐵槌) 쇠로 만든 몽둥이

말았다.

나가는 장수마다 충렬에게 목을 베이자 정한담은 매우 화를 내며 용상을 쳤다.

"억만 군사 중에 충렬을 잡을 자가 없느냐?"

다음 날, 최일귀가 십 척 장검을 빼 들고 또다시 진 밖으로 나섰다.

그리고 나는 듯이 달려가며,

"적장 유충렬은 어제 승부를 내지 못한 싸움을 끝내자!"

충렬은 말 위에 번듯이 올라타 왼손에 신화경을 들어 신장을 호령하고, 오른손으로는 장성검을 휘둘렀다.

장성검이 번뜩하자 일귀의 머리가 떨어졌다.

이 광경을 지켜보던 한담은 분을 이기지 못하고 벽력 같은 소리를 천둥같이 지르더니 긴 창과 큰 칼을 다 잡아 쥐고 뛰쳐나왔다.

주문을 외워 좌우에 신장을 호령하며, 변신술로 거인과 같이 되어 호통을 크게 질러 충렬을 불렀다.

"충렬아, 가지 말고 네 목을 바쳐라!"

충렬이 원수 정한담이 나오는 것을 보고 기뻐하며 문 밖으로 나서려는데 황제가 불러 당부했다.

"정한담은 도술을 배워 변화무쌍한 놈이니 각별히 조심하라."

충렬이 크게 웃고 한담 앞에 나서서 보니, 키가 십여 척에 얼굴 생김이 웅장하여 가히 역적이 될 만한 기세였다.

충렬은 기운을 가다듬고 신화경을 펴 한담의 도술을 쇠진케 하고, 장성검을 다시 닦아 빛이 찬란케 한 후 주문을 외워 몸을 숨겼다.

'내 이 놈을 살려서 잡으리라.'

충렬이 장성검을 높이 들어 한담을 치려 하니, 한담은 간데없고 구름이 일며 장성검이 빛을 잃고 펴 있던 칼이 도로 사그러들었다.

충렬은 놀라 급히 물러 나와 신화경을 펴 일 편을 왼 후 장성검을 세 번 치며 **풍백**을 불러 구름을 쓸어 냈다.

그러나 적진을 살펴보니 한담이 변신하여 구름에 싸인 채 십여 척 장검을 번뜩이며 따라오고 있는 것이었다.

충렬은 그제야 깨닫고,

"한담은 하늘에서 떨어진 자라 산 채로 잡으려 하다가는 도리어 변을 당하겠다."

☆ 한담은 충렬의 숙적으로, 충렬에게는 가장 상대하기 어려운 적이다. 애초에 한담은 하늘나라에서 충렬과 대적했던 신선이었다.

안개 자욱한 중에 다시 장성검이 번개 되어 공중에 빛나며 한담을 내리쳤다. 그러나 한담의 몸에는 칼이 가까이 가 닿지 못했다.

충렬은 적진의 뒤로 돌아갔다.

한담은 충렬을 따라잡으려고 급히 말을 돌리다 땅으로 거꾸러졌다. 충렬은 급히 칼을 들어 한담의 목을 내리쳤다.

그러나 한담에 맞지 않고 투구만 깨어졌다.

한담의 투구가 깨지는 것을 보고 적진에서 급히 징을 쳐 한담을 불러들였다. 한담은 기운이 쇠진하여 거의 죽게 되었다.

도사는 간담이 서늘하여 조용히 생각하다가 군사들에게 명령하여 문을 굳게 닫고 한담을 불러 말했다.

"인력으로는 충렬을 잡지 못할 것이니, 우리 진으로 유인하여 잡아들입시다."

초등필수
단어장

신장(神將) 귀신 가운데 무력을 맡은 장수 신
풍백(風伯) 바람을 주관하는 신

적을 무찌르다

며칠 후 한담은 갑옷을 갖추고 나와 충렬을 다시 불렀다.

충렬이 한담을 거의 잡게 되었을 때 적진에서 또 징을 쳐 한담을 불러 냈다.

충렬은 달아나는 한담을 쫓아 적진 앞으로 달려들었다.

그 때 북소리가 나며 난데없는 안개가 사방에 가득하고 적장은 온데간데없었다.

싸늘한 바람이 불고 찬 눈이 휘날리며 한 치 앞도 보이지 않았다.

충렬은 적의 꾀에 속아 함정에 빠진 줄을 알고, 신화경을 펴 놓고 둔갑술을 써서 몸을 감춘 후 주위를 살폈다. ☆ 함정에 빠진 충렬

모래가 흩날리며 "항복하라!" 하는 적의 소리가 천지를 울렸다.

충렬은 신화경을 다시 펼쳐 신장을 호령하며, 풍백을 급히 불러 구름과 안개를 쓸어 냈다. 그러자 밝은 햇살이 일광주에 번쩍이고, 장성검은 번개 되어 적진 속에 요란했다.

충렬이 주위를 살펴보니 무수한 군사들이 백만 겹으로 에워싸고 북을 치며 군사들을 재촉했다. 충렬은 투구를 고쳐 쓰고 천사마를 채찍질하여 좌우를 호통하며 나아갔다.

호통 소리 지나는 곳에 번갯불이 일어나며, 번갯불이 일어나는 곳에 뇌성벽력이 진동했다.

모든 군사들이 넋을 잃고 모든 장수 귀가 먹고 눈이 어두워 자기 군사들을 서로 알아보지 못했다.

서로 물으며 우왕좌왕할 때 변화무쌍 장성검이 동쪽 하늘에 번듯하여 적이 쓰러지고, 서쪽 하늘에 번듯하여 전후 군사 다 죽으니 **추풍낙엽** 볼 만하였다.

충렬이 기세를 몰아 적군을 헤치며 한가운데로 달려드니 정한담이 칼을 들고 서 있었다.

충렬은 다시 호통 소리 크게 하고 장성검을 높이 들어 한담을 대칼에 베어 들었다.

그러나 충렬이 돌아와 황제 앞에 정한담의 목을 내어 놓고 보니 한담은 간데없고 허수아비 목이었다.

충렬은 분노하여 다시 적진으로 달려갔다.

황제가 나가 싸움을 보니, 충렬이 적진에 달려들자 사방에 안개가 가득하고 적진의 **복병**이 벌 떼 일듯하여 빈틈없이 둘러싸고 함성 소리가 천지를 울리는 것이었다.

황제는 매우 놀라 발을 구르며 땅에 엎어져 통곡하였다.

"이제는 죽었구나. 하늘의 도움으로 충렬을 얻었는데 이제는 죽었으니, 아, 살아 무엇하리."

그런데 순간 적진 중에 안개가 사라지며 벽력 같은 소리가 나더니 장성검이 번개 되어 적진 억만 병을 순식간에 쓸어 버리는 것이었다.

한담은 혼비백산하여 궁궐을 버리고 달아났다.

알고 나면 더 재밌어요!

통쾌한 군담 소설
충렬은 신비로운 무기와 천사마를 얻어 나라를 구하기 위해 나선다. 충렬은 무예가 뛰어나고 용맹할 뿐 아니라 둔갑술을 쓰고, 귀신 장수를 불러내며, 바람을 부리는 등 신비로운 능력으로 적을 물리쳐 나간다. 의롭고 영웅적인 인물이 전쟁에서 적들을 통쾌하게 물리치는 내용을 주로 다루는 소설을 군담 소설이라고 한다. 전쟁을 겪은 조선 후기에는 이러한 군담 소설이 크게 유행했다.

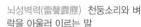

초등필수 단어장

뇌성벽력(雷聲霹靂) 천둥소리와 벼락을 아울러 이르는 말
추풍낙엽(秋風落葉) 가을바람에 떨어지는 나뭇잎. 어떤 형세나 세력이 갑자기 기울어지거나 헤어져 흩어지는 모양을 비유적으로 이르는 말.
복병(伏兵) 적을 기습하기 위하여 적이 지날 만한 길목에 숨어 있는 군사

충렬은 황제를 모시고 도성으로 환궁했다.

도성의 모든 벼슬아치들 중에 충신은 다 죽고 남아 있는 자는 모두 정한담의 패거리였다.

충렬은 모두 처형하고 정한담을 찾아 사방으로 군사를 보냈다.

밤이 되었다.

한담의 남은 군사가 금산성으로 치고 들어온다는 전갈이 왔다. 충렬은 도성을 비우고 금산성으로 향했다.

그 사이 한담은 다른 군사를 이끌고 도성으로 들이닥쳤다. 이 때 도성에는 군사가 남아 있지 않았고 황제는 충렬만 믿고 깊이 잠들어 있었다.

한담의 군대가 성문을 깨고 궐 안으로 들어와 함성 소리 요란하자 황제는 넋을 잃고 용상에서 굴러떨어졌다.

황제는 옥새를 품에 안고 말 한 필을 잡아 타서 엎어지며 자빠지며 북문으로 도망갔다.

충렬이 금산성에서 적군 십만을 한칼에 무찌르던 중, 뜻밖에 달빛이 희미해지며 난데없는 빗방울이 얼굴에 쏟아지는 것이었다.

충렬은 이상히 여겨 잠시 말을 멈추고 천기를 살폈다.

도성에 살기가 가득하고 황제의 자미성이 변수 가에 비치고 있었다.

"이게 웬 변이냐!" ★ 황제의 별인 자미성이 변수(강 이름) 가까이 떨어진 것으로, 황제가 이 곳에서 위험에 빠졌다는 신호다.

충렬은 천사마를 채찍질하며 큰 소리로 외쳤다.

"천사마야! 지금 황제의 목숨이 경각에 달렸으니 순식간에 달려가 황제를 구하라!"

천사마는 눈 깜짝할 사이에 변수 가에 다다랐다.

이 때 황제는 백사장에 엎어져 있고 한담이 칼을 들고 황제를 내리치려 하고 있었다.

충렬은 평생에 있는 기력과 일생에 지른 호통을 다하며, 천사마 또한 평생의 용맹을 이 때 다 부리니, 변화무쌍 장성검도 삼십삼천의 조화를 이 때 다 부렸다.

충렬이 달리는 앞에 귀신이 울고 강산이 무너지고 바다도 뒤눕는 듯.

"이 놈, 정한담아! 우리 임금 해치지 말고 나의 칼을 받으라!"
하는 소리에 나는 짐승도 떨어지고 강신도 넋을 잃었다.

정한담은 간담이 서늘했다.

호통 소리 지나는 곳에 두 눈이 캄캄해지고 두 귀가 먹먹하여 탔던 말을 돌려 도망해 가다 말이 거꾸러졌다.

구름 속에 번개 칼이 언뜻하며 한담의 칼이 부서지니, 충렬이 달려들어 한담의 목을 산 채로 잡아챘다.

가족을 되찾은 충렬

충렬은 잡혀 간 태후와 태자를 구하기 위해 적국으로 떠났다.

적국에서 마음을 졸이고 있던 태후와 태자는 충렬의 군대가 왔음을 알고 눈물을 흘렸다.

태자와 태후를 구해 낸 충렬은 아버지가 유배된 곳을 찾았다.

초등필수
단어장

환궁(還宮) 왕이나 왕비, 왕자가 대궐로 돌아오는 것
전갈(傳喝) 남을 시켜서 알리는 말

토굴을 깊이 파고 험한 수목으로 사방을 둘러싼 곳에 짚자리 한 닢뿐이고, 문밖에서 군사 한 명이 간간이 밥을 들여넣고 있었다.

충렬은 이 광경을 보고 엎어지며 투구를 벗어 땅에 놓고 수목을 헤쳐 토굴 앞으로 가서,

"충렬이 왔나이다!"

하고 통곡했다.

유심은 기운이 쇠진하여 깊이 잠들었다가 꿈결에 얼핏 충렬이란 이름을 듣고 꿈에서 깨어났다.

"내 아들 충렬은 회수에서 죽었다고 들었다. 너는 혼백이냐, 혼백이라도 반갑고 반갑다."

충렬이 울며 말했다.

"소자 회수에서 죽게 되었다가 천행으로 살아나서 도적을 함몰하고, 지금 적국에 가 태후 태자를 모셔 문밖에 왔나이다."

"이게 웬 말이냐!"

유심은 토굴을 두드리며,

"네가 정녕 충렬이냐? 충렬이 확실하거든 십 년 전에 내가 주었던 죽도를 어디 보자."

충렬은 급히 죽도를 끌러 냈다.

"두 손에 받들어 올리나이다."

유심이 이 말을 듣고 토굴 문에 엎드려서 손을 내어 받아 보니, 부자의 증표로 아들에게 준 죽도임이 분명했다.

유심은 벌떡 일어나 앉았다.

216

"이게 웬 말이냐, 충렬이 왔구나! 죽도는 보았으나 내 아들 충렬은 가슴에 대장성이 박히고, 등에는 삼태성이 있느니라."

충렬이 옷을 벗어 땅에 놓고 유심 곁에 앉았다.

유심이 가슴과 등을 살펴보니 샛별 같은 삼태성과 대장성이 뚜렷이 박혔고, 금 글씨로 '대 명나라 대장군'이라고 번듯하게 새겨 있었다.

유심은 왈칵 뛰어 달려들어 충렬의 목을 안았다.

"어디 갔다 이제 오느냐? 하늘에서 떨어졌느냐? 땅에서 솟았느냐?

초등필수
단어장

짚자리 짚으로 엮어 만든 자리
혼백(魂魄) 죽어서 몸을 떠난 넋

어떻게 살아나서 이렇듯 장성하였느냐. 네가 정말 충렬이냐? 죽도 보고 표적 보니 충렬임이 분명하나, 만경창해 너른 물에서 일곱 살 아이가 어떻게 살아났단 말이냐."

충렬이 태자와 아버지를 모시고 도성으로 돌아가자 황제는 매우 기뻐하며 십 리 밖에 나와 충렬을 맞았다.

충렬이 도성에 들어올 때 장안의 모든 백성과 신료들과 군사들이 몰려들어 충렬을 환영했다.

한 백발노인이 대지팡이를 잡고, 떨어진 감투를 쓰고, 어린 아이를 앞세우고는 동편 골목에서 기엄기엄 기어나왔다. 노인은 술 한 잔을 받아 들고, 안주는 낙엽에 싸서 손자에게 들리고 충렬에게 다가와 만세를 불렀다.

"저는 밤마다 우리나라 장수님이 승리하게 해 주옵소서 빌었습니다. 장군님의 덕으로 소인의 막내 자식이 살아나 이 손자를 두었으니, 이 놈은 장군님의 자식과 다름이 없나이다. 이는 모두 다 장군님의 덕입니다. 소인이 죽을 날이 멀지 아니하여, 술 한 잔을 장군님께 올리니 만세무강하옵소서. 이제 죽어도 여한이 없습니다."

충렬과 유심, 황제와 태후 모두 노인의 말에 눈물을 흘렸다.

"이는 모두 다 노인이 하늘에 빈 공이요, 황제의 은덕이오. 나 같은 사람이야 무슨 공이 있겠소. 돌아가 편히 사시오."

이튿날 정한담을 처형한다는 소식을 듣고 성 안, 성 밖의 모든 사람들이 남녀노소, 위아래 구분 없이 모두 나와 골목 골목을 빈틈없이 메웠다.

어떤 사람은 달려들어 한담을 호령하고, 어떠한 여인들은 한담의 상투를 잡고 신짝을 벗어 양 귀 밑을 찰딱찰딱 치며 통곡했다.

"네 이놈 정한담아! 너 아니면 내 가장이 죽었으며, 내 자식이 죽었겠느냐!"

황제는 최일귀와 정한담의 무리를 모두 벌하고, 유심의 지위를 높여 연왕으로 봉했다. ☆ 간신의 참소로 몰락했던 유씨 가문이 공을 세우고 지위를 되찾는다. 이 소설의 작자로 추측되는 '몰락한 양반' 계층의 소망이 반영되어 있다.

이 때 장인 강희주가 적국에 잡혀 있어, 충렬은 장인을 다시 구한 후 도성으로 돌아왔다.

충렬은 그 길에 회수에 들러 어머니의 제사를 지내고자 하였다.

부인은 유충렬이라는 장수가 회수에 와서 어머니 제사를 올린다는 말을 듣고는 깜짝 놀랐다.

부인이 이 처사에게 말했다.

"어서 가세. 내 아들 충렬이 살아 왔네."

이 처사가 먼저 가서 충렬을 만나 부인에게 데려오자 부인은 충렬을 보고 뛰어가 맞으며,

"네가 귀신이냐, 내 아들 충렬이냐? 내 아들 충렬이는 회수에서 죽었는데, 어찌 살아 오는가?"
하며 울부짖었다.

"내 아들 충렬은 등에 삼태성이 표적으로 박혔느니라."

충렬은 급히 옷을 벗고 곁에 앉았다. 과연 삼태성이 뚜렷이 박혀 있고 황금 글씨를 새긴 것이 어제 본

초등필수 단어장

장성하다 자라서 어른이 되다.
대지팡이 대나무로 만든 지팡이
감투 옛날에 벼슬아치들이 머리에 쓰던 작은 모자. 말총, 가죽, 헝겊 등으로 만드는데 앞쪽은 낮고 뒤쪽은 높다.
은덕(恩德) 은혜와 덕
가장(家長) 집안을 보살피고 이끄는 가장 높은 어른. 또는 '남편'을 달리 이르는 말.

듯 생생했다.

모자가 서로 붙들고 방성통곡하는 정이 부친 만날 때보다 배나 더하였다. 부인이 말하면 충렬이 울고, 충렬이 말하면 부인이 우니 하늘의 해와 달도 빛을 잃고 산천초목도 슬퍼하는 듯했다.

충렬은 영릉 땅을 지나며 잡혀 있던 강 낭자와 상봉하고 모든 가족을 되찾아 도성으로 돌아왔다.

그 후로 충렬은 황제를 곁에서 보필하고 백성들을 편안케 하였으니, 만 백성이 칭송하는 소리가 천지를 진동하였다.

짧은 글 짓기

1 삼경

2 말년

3 경각

4 산천초목

5 추풍낙엽

이해력을 길러요

1 충렬의 영웅적인 생애를 정리해 봅시다. 다음 순서에 따라 구체적인 사건과 주인공의 활
   동을 적어 보세요.

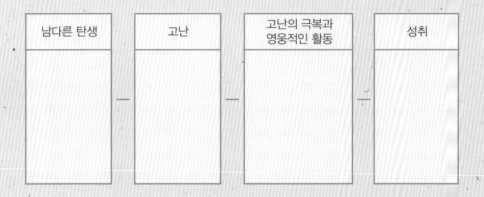

남다른 탄생	고난	고난의 극복과 영웅적인 활동	성취
	—	—	—

2 충렬의 행동을 통해 그가 어떤 성격과 가치관을 가진 인물인지 생각해 봅시다.

1 '유충렬전'의 표면에 나타나 있는 주제가 '충성'이라면, 그 이면에는 간신의 말에 귀를 기울이는 왕에 대한 불만도 담겨 있는 듯합니다. 그런 부분을 본문에서 찾아 적어 보세요.

_____

_____

_____

_____

_____

2 '유충렬전'의 작가에 대해서는 여러 가지 추측이 있습니다. 여러분도 함께 그 작가를 추측해 봅시다.

성재 가문의 몰락이 매우 구체적으로 그려져 있고, 주인공이 그것을 극복하고 다시 왕의 신임을 얻어 높은 관직에 오르는 것을 보아 그러한 꿈을 가졌던 몰락한 양반이 지었을 것 같아.

진원 대중 독자를 인식한 듯, 주인공이 전쟁에 나가 적을 무찌르는 것을 매우 재미있게 그리고 있어. 또 대중이 좋아할 만한 신비로운 무기와 변신술 같은 것도 등장하잖아? 어쩌면 사람들에게 소설을 팔려 했던 전문 작가가 쓴 것일지도 몰라.

여러분의 추측은?

_____

_____

_____

_____

논리력을 길러요

1 이 소설은 유학의 가르침인 충효 사상을 뚜렷하게 드러내고 있습니다. 현대를 살고 있는 우리도 이런 소설을 통해 충과 효에 대해 생각해 볼 기회를 가질 수 있습니다. 여러분에 게 충과 효는 어떤 것인가요? 자기 의견을 밝히는 글을 써 보세요.

엮은이 **김정연**

국어교육과를 졸업하고 중학생에게 국어를 가르치다가 책 만드는 일을 시작했습니다. 어른과 아이들을 위한 책을 편집하고 엮는 일을 하고 있습니다. 엮은 책으로는《읽으면 읽을수록 논술이 만만해지는 우리고전 읽기 2》,《읽으면 읽을수록 논술이 만만해지는 한국 단편 읽기 1, 2》가 있습니다.

그린이 **김 홍**

어린 시절에는 하얀 종이만 보면 그림을 그리고 싶어하는 꼬마 화가였습니다. 무엇보다도 어린이들의 꿈과 희망이 가득한 동화를 그리는 것을 좋아합니다. 대표작으로《읽으면 읽을수록 논술이 만만해지는 우리고전 읽기 1, 2, 3》,《읽으면 읽을수록 논술이 만만해지는 한국단편 읽기 1, 2, 3》가 있습니다.

우리고전 읽기 ③

2013년 5월 20일 발행

엮은이 김정연 | **그린이** 김홍

기획 이성애 | **편집** 한명근 | **교정·교열** 권혜정
마케팅 한명규 | **디자인** 김성엽의 디자인모아

발행처 ㈜가람어린이

출판등록 2002년 9월 16일 제2002-000291호
주소 경기도 고양시 덕양구 삼원로 63, 1015호
전화 02-323-2160 | **팩스** 02-323-2170
전자우편 garambook@garambook.com
블로그 blog.naver.com/garamchildbook
인스타그램 instagram.com/garamchildbook
트위터 twitter.com/garamchildbook
유튜브 가람어린이tv
카카오톡 채널 가람어린이출판사

ISBN 978-89-93900-37-8 64810
ISBN 978-89-93900-26-2 (세트)

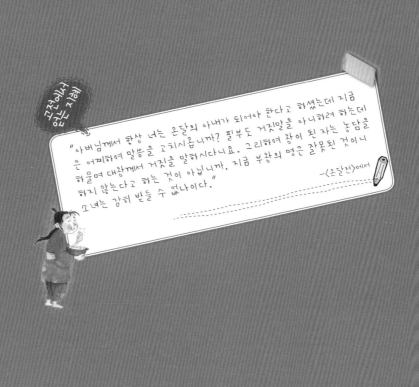

"아버님께서 항상 너는 온달의 아내가 되어야 한다고 하셨는데 지금은 어찌하여 말씀을 고치시옵니까? 필부도 거짓말을 아니하려 하는데 하물며 대왕께서 거짓을 말하시다니요. 그리하여 왕이 된 자는 농담을 하지 않는다고 하는 것이 아닙니까. 지금 부왕의 명은 잘못된 것이니 소녀는 감히 받들 수 없나이다."

―〈온달전〉에서